내 귀에 해설이 들려

내 귀에 해설이 들려 3

설경구 현대 판타지 소설

초판 1쇄 찍은 날 § 2020년 6월 19일
초판 1쇄 펴낸 날 § 2020년 6월 26일

지은이 § 설경구
펴낸이 § 서경석

총괄팀장 § 노종아
편집책임 § 최이슬
디자인 § 소소연

펴낸곳 § 도서출판 청어람
등록번호 § 제387-1999-000006호
등록일자 § 1999. 5. 31
어람번호 § 제1-3061호

주소 § 경기도 부천시 부일로 483번길 40 서경B/D 3F (우) 14640
전화 § 032-656-4452 팩스 § 032-656-4453
http://www.chungeoram.com
E—mail § chungeorambook@daum.net

ISBN 979-11-04-92208-4 04810
ISBN 979-11-04-92190-2 (세트)

내 귀에 해설이 들려

설경구 현대 판타지 소설

MODERN FANTASTIC STORY

3

내 귀에 해설이 들려

목차

제1장

슈아악.

안유진이 던진 초구는 예상대로 직구였다.

툭. 데구르르.

박건이 번트를 댄 타구가 3루 측 라인 선상을 타고 굴러갔다.

기습번트를 시도할 것은 전혀 예상치 못했을까.

안유진은 당황한 기색이 역력했다. 그리고 여울 데블스의 3루수인 임훈기 역시 당황한 기색으로 번트 타구를 처리하기 위해 대시했다.

맨손으로 타구를 잡아낸 후 러닝스로로 송구한 임훈기의 수비.

군더더기를 찾기 힘들 정도로 깔끔했다.

그렇지만 수비위치가 너무 깊었던 탓에 타이밍이 늦었다.

"세이프."

1루심은 박건의 발이 1루 베이스를 밟는 게 1루수의 글러브에 송구가 도착한 것보다 더 빨랐다고 판단하며 세이프를 선언했다.

"하아. 하아."

박건이 가쁜 숨을 몰아쉴 때, 이용운이 질책했다.

"번트 타구가 너무 강했다."

"그래도 살았잖습니까?"

"번트 연습을 더 해야겠다. 그나저나 이제부터 시작이다."

가쁜 숨을 몰아쉬던 박건이 의아한 표정을 지은 채 물었다.

"뭐가 시작이란 겁니까?"

이용운이 대답했다.

"엑스맨이 나서서 도와주기 전에 안유진을 확실히 무너뜨려야지."

* * *

스윽.

박건이 1루 베이스와의 거리를 좀 더 벌린 순간, 안유진이 확 고개를 돌렸다. 그렇지만 박건은 멈추지 않았다.

보란 듯이 반보를 더 떼며 1루 베이스와의 거리를 한층 벌렸다.

그것을 확인한 안유진이 못마땅한 표정을 짓다가 고개를 돌렸다.

잠시 후, 셋 포지션 모션에 들어갔던 안유진이 1루를 향해 견제구를 던졌다.

쉬이익.

박건이 견제구에 놀란 표정으로 1루로 귀루하며 슬라이딩했다.

“세이프.”

주심이 세이프를 선언한 순간, 박건이 고개를 돌렸다.

1루 주자인 박건을 간발의 차로 잡아내지 못한 안유진이 아쉬운 기색을 드러낸 순간, 박건이 물었다.

“어땠습니까?”

“연기는 꽤 하는구나.”

“괜찮았습니까?”

“썩 괜찮았다.”

이용운이 꺼낸 썩 괜찮았다는 표현.

극찬이나 마찬가지였다.

그래서 희미한 웃음을 머금었던 박건이 다시 1루 베이스와의 거리를 벌리기 시작했다.

조금 전, 견제구를 예상하지 못하고 있다가 역동작에 걸렸던 것처럼 허둥댔던 것.

박건이 연기를 한 것이었다.

‘다시 견제구를 던질 거야.’

조금 전에 간발의 차로 견제사를 시키지 못했던 안유진은 재차 견제구를 던질 확률이 높았다.

박건의 방심을 유도하기 위함일까.

안유진은 아까와 달리 1루 쪽으로 고개를 돌리지 않았다.

주자에게는 관심이 없다. 타자와의 승부에 집중하겠다.

안유진은 마치 이렇게 말하고 있는 것 같았다.

'연기!'

스윽.

1루 베이스와의 거리를 반보 더 벌리던 박건이 떠올린 단어였다.

무심한 척, 관심 없는 척하고 있었지만, 지금 안유진의 모든 신경은 1루 주자인 박건에게 쏠려 있었다.

잠시 후 박건의 예상이 적중했다.

셋 포지션 투구를 하던 안유진이 재차 견제구를 던졌다.

"빠졌다. 뛰어."

이용운의 외침을 들으며 박건이 2루로 스타트를 끊었다.

"멈추지 마."

2루 베이스 근처에 도착한 순간, 이용운의 외침이 이어졌다.

그 외침을 들은 박건이 속도를 줄이지 않은 채 2루 베이스를 통과해서 3루로 내달렸다.

쐐애액.

탁.

헤드퍼스트슬라이딩을 감행한 박건의 오른손이 3루 베이스에 닿은 것이 태그보다 조금 더 빨랐다.

"세이프."

툭. 툭.

천천히 몸을 일으킨 박건이 3루 베이스 위에 올라선 채 유니폼에 묻은 흙을 털어냈다. 그리고 분한 표정을 짓고 있던 안유진과 시선이 마주친 순간, 박건이 씨익 웃었다.

'경험은 내가 더 많다.'

박건이 속으로 소리친 후, 다시 3루 베이스와의 거리를 벌리기 시작했다.

여전히 주자인 박건에게 신경을 쓰면서 안유진이 공을 던졌다.

슈악.

그 순간, 3번 타자 양훈정이 힘껏 배트를 돌렸다.

따악.

묵직한 타격음과 함께 쭉쭉 뻗어나간 타구는 외야 펜스를 훌쩍 넘기고 떨어졌다.

* * *

"선수, 감독, 프런트, 그리고 팬들까지. 거침없이 모두 까는 방송, '독한 야구'를 시작하겠습니다. 청우 로열스와 여울 데블스, 양 팀의 3연전 두 번째 경기의 결과는 4-2. 청우 로열스가 승리를 거뒀습니다. 그리고 청우 로열스가 승리를 거둘 수 있었던 결정적인 역할을 한 수훈 선수는… 박건 선수였습니다."

'나?'

팟 캐스트 방송 '독한 야구' 녹음을 하던 박건이 움찔했다.

이용운이 자신을 수훈 선수로 꼽을 거라 예상치 못했기 때문이었다.

'왜 이래?'

박건이 고개를 갸웃했다.

지난 경기에서 2번 타자 겸 좌익수로 선발 출전했던 박건이 남긴 기록은 3타수 2안타, 1볼넷.

분명 나쁘지 않은 기록이었다.

그렇지만 박건은 단 하나의 타점도 기록하지 못했다.

'양훈정이 수훈 선수로 꼽히는 게 맞지 않을까?'

경기 초반, 여울 데블스의 선발투수 안유진을 무너지게 만든 투런홈런을 터뜨렸던 양훈정이 수훈 선수로 꼽힐 거라 예상했었다.

그러나 이용운의 선택은 달랐다.

양훈정이 아닌 박건을 수훈 선수로 꼽았다.

"박건 선수가 타석에서, 또 루상에서 경험이 일천한 안유진을 와르르 무너뜨렸으니까요. 제 의견에 동의하지 못하시는 분들도 있을 테니 간단하게 설명을 드리겠습니다. 안유진에게는 치명적인 약점이 있습니다. 바로 경기 초반에 제구 난조를 자주 드러낸다는 겁니다. 지난 경기도 마찬가지였죠. 안유진은 직구와 슬라이더의 제구가 뜻대로 되지 않으면서 경기 초반에 어려움을 겪었습니다. 그나마 제구가 잘되던 구종이 커브였지만, 그 커브에 노림수를 갖고 타석에 들어섰던 박건 선수에게 2루타를 허용하고 말았습니다. 그때, 안유진은 말 그대로 멘붕에 빠졌습니다. 던질 수 있는 공이 없었거든요."

'그래서였구나.'

박건이 속으로 고개를 끄덕였다.

"커브를 노려라."

첫 타석에 들어섰던 박건에게 이용운이 던졌던 충고였다.

그 충고를 들었던 당시, 박건은 의아함을 품었다.

'뜻대로 제구가 되지 않는 직구나 슬라이더를 노리는 게 더 낫지 않을까?'

이런 생각을 했기 때문이었다. 그런데 비로소 이용운이 당시 커브를 노리라고 충고했던 이유를 알 수 있었다.

'안유진을 경기 초반에 확실히 무너뜨리기 위해서였어.'

직구와 슬라이더는 뜻대로 제구가 되지 않는 상황.

안유진은 유일하게 자신 있게 던질 수 있는 구종이었던 커브를 던졌다가 박건에게 정타를 허용했었다.

이용운의 말처럼 당시 안유진은 자신 있게 던질 수 있는 공이 하나도 없는 상황이었다.

실제로 3번 타자인 양훈정을 상대로 안유진은 스트레이트볼 넷을 허용했었다.

"경험이 일천한 신인 투수인 안유진을 거의 그로기 상태에 몰아넣을 수 있는 기회였는데, 아쉽게도 엑스맨이 등장했습니다. 그 엑스맨의 정체는 바로 청우 로열스의 외국인 타자인 앤더슨 쉴즈였습니다. 타석에 가만히 서 있기만 해도 알아서 스스로 무너졌을 안유진을 도와줬던 엑스맨이었죠. 그리고 앤더슨 쉴즈만이 아닙니다. 청우 로열스가 현재 리그 최하위로 추락해 있는 이유는 엑스맨들이 많기 때문입니다. 이 엑스맨들을 싹 처리해야만 청우 로열스는 반등할 수 있습니다. 언젠가 제가 청우 로열스 엑스맨 리스트를 만들어서 발표해 드릴 테니 기대해 주시기 바랍니다."

'엑스맨 리스트라.'

무척 그럴듯한 표현이란 생각이 들어서 박건이 쓰게 웃은 후 다시 말을 이어나갔다.

"잠깐 이야기가 샜군요. 다시 본론으로 돌아가서 앤더슨 쉴즈라는 엑스맨이 도움을 준 덕분에 거의 그로기 상태에 빠졌던 안유진은 기사회생했습니다. 그리고 어린 선수들의 장점은 회복력이 빠르다는 겁니다. 자신감을 얻은 안유진이 2회부터 3회 2사까지 다섯 타자를 범타로 돌려세운 것이 그가 평소 좋았던 안유진으로 돌아왔단 증거죠. 이때 다시 박건이 등장합니다. 여울 데블스 배터리와 내야진의 허를 찌르는 기습번트까지 시도하면서 박건이 악착같이 출루했던 이유는 거의 정상으로 돌아왔던 안유진을 다시 멘붕에 빠뜨리기 위해서였습니다. 그리고 박건은 기습번트에 이은 기민한 베이스러닝으로 안유진을 당혹스럽게 만드는 데 성공했습니다. 견제구를 던지다가 악송구까지 범하면서 다시 멘붕에 빠진 안유진은 양훈정에게 실투를 허용했고, 결국 강판됐죠. 이것이 제가 오늘 경기의 수훈갑인 선수가 박건이라고 자신 있게 말씀드린 이유입니다."

'화끈거려 죽겠네.'

이용운이 불러주는 대로 녹음하던 박건이 얼굴을 붉혔다.

자신의 입으로 자신을 칭찬하는 것.

예상보다 훨씬 더 멋쩍고 부끄러웠기 때문이었다.

잠시 후, 박건이 다시 말을 이었다.

"여러분들이 또 하나 관심을 가지는 것, 당연히 임건우 선수겠죠. 과연 임건우와 박건이 공존할 수 있느냐? 지난 경기에서 이 질문에 대한 답을 어느 정도 찾을 수 있었습니다. 두 선수의 공존은 가능합니다. 물론 임건우 선수는 지난 경기에서도 3타수 무안타를 기록했습니다. 그렇지만 긍정적인 부분이 분명히 존재했습니다. 우선 사사구를 하나 얻어냈다는 점이고, 비록 안타가 되지는 않았지만 임건우 선수의 타구 질이 이전에 비해 확실히 좋아졌다는 점입니다. 자, 그럼 이 시점에서 제가 예측 하나 할까요? 두고 보십시오. 내일 경기에서 임건우 선수는 분명히 안타를 기록할 겁니다."

*　　　*　　　*

청우 로열스와 여울 데블스의 3연전 마지막 경기.

여울 데블스는 전날 경기의 패배를 만회하기 위해서 팀의 에이스인 외국인 투수 네이션 밀러를 선발투수로 내세웠다.

1회 말 청우 로열스의 공격.

리드오프 고동수가 타석을 향해 걸어갈 때, 이용운이 입을 뗐다.

"오늘 잘해야 한다."

지난 경기와 마찬가지로 2번 타순에 포진됐기에 대기타석으로 향하던 박건이 의아한 표정으로 물었다.

"오늘 경기에서 특별히 잘해야 하는 이유가 있습니까?"

"내 예측이 틀리지 않으려면, 네가 활약해야 하거든."

'예측?'

기억을 더듬던 박건은 이내 이용운이 했던 예측을 떠올리는 데 성공했다.

"자, 그럼 이 시점에서 제가 예측 하나 할까요? 두고 보십시오. 내일 경기에서 임건우 선수는 분명히 안타를 기록할 겁니다."

팟 캐스트 방송 '독한 야구' 말미에 이용운은 이런 예측을 했었다.

그렇지만 이용운의 예측이 적중하는 것과 자신의 활약 사이에 대체 어떤 연관성이 있는지 여부를 박건은 이해하기 어려웠다.

해서 박건이 물었다.

"임건우 선수가 오늘 경기에서 안타를 기록하는 것과 제가 활약하는 것 사이에 무슨 연관성이 있습니까?"

"당연히 연관성이 있다. 후배가 경기에 출전해서 좋은 활약을 펼칠수록 임건우가 느끼는 부담이 줄어들거든."

"……?"

"후배가 경기에 출전할 때마다 좋은 활약을 펼치면서 청우 로열스 팬들의 관심이 점점 후배에게 쏠리기 시작했다. 덕분에 임건우는 자연스레 팬들의 관심에서 멀어졌지. 쉽게 말해 팬들의 관심에서 더 멀어지게 되면, 그만큼 임건우는 타석에 섰을 때 빨리 부진에서 탈출해야 한다는 중압감에서 벗어날 수 있다는 뜻이다."

"그럴 수도 있겠네요."

이용운의 설명을 들은 박건이 수긍했다.

5번 타순에서 9번 타순으로.

중심타선에서 하위타선으로 타순이 조정되면서 임건우는 타석에서의 부담을 꽤 던 상태였다.

거기에 더해 박건까지 맹활약을 펼치게 된다면?

임건우가 느끼는 부담감은 더욱 줄어들 터였다.

잠시 후, 박건이 쓴웃음을 머금은 채 말했다.

"어지간히 급하신가 보네요."

"무슨 뜻이냐?"

"방송에서 했던 예측을 적중시키려는 것. '독한 야구' 청취자들을 더 많이 끌어모으기 위함이 아닙니까?"

"뭐, 그런 면이 아주 없지는 않다. 내가 방송에서 한 예측이 정확히 들어맞는다는 게 소문이 나면, 더 많은 사람들이 '독한 야구'에 관심을 가지고 또 들을 테니까."

이용운은 굳이 사심을 품었다는 것을 부인하지 않으며 덧붙였다.

"그렇지만 내 예측이 적중해야 하는 진짜 이유는 따로 있다."

"진짜 이유요?"

"그래. '독한 야구' 청취자들 가운데 가장 중요한 청취자에게 나에 대한 신뢰를 심어주기 위해서이지."

'가장 중요한 청취자? 누구지?'

박건이 고개를 갸웃하며 물었다.

"그게 대체 누굽니까?"

"누굴 것 같으냐?"

"음… 저요?"

"후배는 자신을 너무 과대평가하는 경향이 있다."

"아닌가요?"

"당연히 아니지. 가장 중요한 청취자는 송이현 단장이다."

'송이현 단장이 왜 가장 중요한 청취자이지?'

박건이 고개를 갸웃했을 때, 이용운이 이유를 설명했다.

"후배도 잘 알다시피 송이현 단장은 청우 로열스 구단 운영의 결정권자이다. 그런 송이현 단장이 내 의견을 신뢰하게 만들면 구단을 운영하는 방식에도 변화가 생길 수 있다. 그래서 이번에 내가 했던 예측이 꼭 적중해야 한다."

이용운이 진중한 목소리로 말을 마쳤을 때였다.

슈악.

딱.

리드오프 임무를 부여받고 타석에 들어서 있던 고동수가 타격했다.

빗맞은 타구는 느릿하게 3루수 앞으로 굴러갔다.

여울 데블스의 3루수인 임훈기가 빠르게 앞으로 대시하면서 맨손으로 타구를 처리하려는 시도를 했다.

그렇지만 임훈기는 회전이 잔뜩 걸려 있는 타구를 맨손으로 단번에 잡아내는 데 실패했다.

툭. 투둑.

임훈기가 타구를 단번에 처리하지 못하고 더듬는 사이, 전력질주 한 고동수가 1루 베이스를 통과했다.

무사 1루 상황에서 박건이 타석에 들어선 순간, 이용운이 말했다.

"초구를 노려. 바깥쪽 직구가 들어올 테니까."

'정말 그럴까?'

그 예측을 들은 박건이 못미더운 표정을 지었다.

이용운의 구종 예측.

지금까지 꽤 높은 확률로 적중했던 편이었다. 그럼에도 불구하고 박건이 의심을 품은 이유는 데이터가 전혀 축적되지 않은 상태였기 때문이었다.

1번 타자인 고동수는 네이션 밀러가 던진 2구째 슬라이더를 공략해서 내야안타를 만들어냈다.

그사이 네이션 밀러가 던진 공은 단 두 개.

직구와 슬라이더 하나씩이 전부였다.

수 싸움을 펼치는 과정에서 축적된 데이터가 중요한 역할을 한다는 사실을 박건도 이제는 알고 있었다.

그렇지만 지금은 축적된 데이터가 전무하다시피 했다.

이런 상황에서 네이션 밀러가 박건을 상대로 초구를 바깥쪽 직구로 던질 거란 이용운의 예측은 순순히 믿기 어려운 것이었다.

'감으로 막 찍는 거 아냐?'

그래서 박건이 이런 의심을 품었을 때였다.

"아직 데이터가 쌓이지 않은 상태라 내 말을 믿기 어려운 거지?"

'역시 눈치 빨라.'

박건이 내심 감탄하며 입을 뗐다.

"경기 초반에는 선배님의 구종 예측이 자주 빗나가시는 게 사실이잖습니까?"

뼈를 때리는 팩트 폭행을 당했음에도 이용운은 당당하게 대꾸했다.

"이번엔 다를 거다. 경기 초반이긴 하지만, 내가 한 구종 예측이 적중할 거야."

"왜 그렇게 확신하시는 겁니까?"

"꼭 알아야겠냐?"

"네."

"일일이 설명하려니 귀찮아 죽겠네."

투덜대던 이용운이 마지못한 목소리로 설명했다.

"한 번만 말할 테니까 잘 들어라. 네이션 밀러는 KBO 리그에서 세 시즌째 뛰고 있다. 그러다 보니 분석을 많이 당했고, KBO 리그에서 뛰었던 첫 해에 비해서 작년에 성적이 많이 하락했지."

이용운의 설명대로였다.

19승 6패.

KBO 리그에서 뛰었던 첫 해, 네이션 밀러는 대승 원더스의 에이스로 활약하면서 20승 가까이 승수를 올렸었다.

그러나 작년에는 12승 9패로 성적이 눈에 띄게 하락했다.

방어율도 첫 시즌에 비해 약 1점 가까이 치솟았고.

그로 인해 대승 원더스와 재계약에 실패했던 네이션 밀러는 올 시즌을 앞두고 여울 데블스와 계약을 맺고 KBO 리그 생활을 이어나가고 있었다.

여울 데블스의 2선발로 시작한 네이션 밀러의 올해 성적은 7승

2패.

지난 시즌의 부진을 딛고 KBO 리그 첫 시즌에 활약할 당시의 좋았던 모습을 다시 보여주고 있었다.

"그렇지만 올 시즌 네이션 밀러는 다시 부활했지. 그리고 네이션 밀러가 여울 데블스에서 현재까지 좋은 성적을 거두고 있는 이유가 뭔지 알아?"

"모르겠습니다."

"그럴 줄 알았다."

"쩝."

박건이 입맛을 다셨을 때, 이용운이 재빨리 덧붙였다.

"구속이 빨라졌다. 작년에 140㎞대 중반에 머물렀던 평균 직구 구속이 140㎞대 후반까지 올라갔지. 간단하게 말해 대승 원더스 에이스 역할을 하던 재작년 시즌의 직구 구속에 근접해 있는 셈이다."

네이션 밀러가 여울 데블스에서 부활한 비밀을 이용운은 구속이라고 밝혔다.

그 비밀에 대해서 알게 된 박건이 고개를 끄덕였을 때였다.

"구속이 140㎞대 후반까지 나오면서 네이션 밀러의 볼배합도 다시 간단해졌다. 직구와 슬라이더, 경기 초반에는 주로 두 구종만 사용하지. 그런데 아까 고동수가 공략한 구종이 뭐였지?"

"슬라이더요."

"그래서 직구를 던질 거라고 예상했던 거다."

마침내 이용운이 네이션 밀러가 박건을 상대로 초구로 직구를 던질 거라고 예측한 이유를 밝혔다.

그러나 박건은 고개를 갸웃했다.

"오히려 슬라이더를 던지지 않을까요?"

"왜 슬라이더를 던질 거라고 생각하는 거지?"

"고동수가 출루에 성공하긴 했지만, 빗맞은 타구였으니까요."

고동수에게 허용한 내야안타.

정타가 아니었다.

배트 하단에 빗맞으며 타구가 3루 쪽으로 느리게 굴러갔던 덕분에 내야안타가 됐다. 그래서 네이션 밀러가 다시 슬라이더를 던질 확률이 높다고 박건이 주장한 순간이었다.

"뭐 해?"

"……?"

"고사 지내?"

"죄송합니다."

주심이 아까부터 레이저 눈빛을 쏘아내고 있다는 사실을 뒤늦게 깨달은 박건이 타석으로 들어섰다.

*　　　*　　　*

슈아악.

네이션 밀러의 손에서 공이 떠난 순간, 박건이 두 눈을 빛냈다.

'내가… 틀렸네.'

슬라이더가 아니라 직구였다.

그것도 바깥쪽 직구.

따악.

힘껏 휘두른 배트 중심에 걸린 타구는 2루수의 키를 넘기고 우익수 앞에 떨어졌다.

박건이 우전안타를 때리고 1루에 출루한 사이, 1루 주자였던 고동수는 3루까지 여유 있게 진루했다.

짝짝.

깔끔한 우전안타를 만들어낸 자신의 타격에 스스로 만족한 박건이 자신에게 박수를 쳐주고 있을 때였다.

"어떠냐? 내 말이 맞았지?"

이용운이 어김없이 생색을 냈다.

"그렇긴 하네요."

박건이 수긍하며 물었다.

"그보다 아까 하던 얘기를 마저 끝내시죠. 왜 슬라이더가 아니라 직구였습니까?"

아까 주심이 쏘아내던 레이저 눈빛 때문에 멈출 수밖에 없었던 대화를 이어나가자고 박건이 제안했다.

그 제안을 받은 이용운이 입을 뗐다.

"청우 로열스 타자들이 경기 초반에 슬라이더를 노리고 들어오는구나. 네이션 밀러가 이렇게 판단했기 때문이다."

리드오프였던 고동수는 초구로 들어온 한가운데 직구를 흘려보내고, 2구째로 슬라이더가 들어왔을 때 공략했다.

비록 빗맞은 타구였지만, 고동수를 상대한 후 네이션 밀러는 청우 로열스 타자들이 오늘 경기에서 본인의 슬라이더를 노리고 들어온다고 판단했다.

이것이 네이션 밀러가 박건을 상대로 초구에 슬라이더가 아닌 직구를 던진 이유라는 뜻이었다.

박건이 천천히 고개를 끄덕일 때, 이용운이 핀잔을 건넸다.

"앞으로 좀 믿고 살자. 일일이 계속 설명하려니 귀찮아 죽겠다. 그리고 주심에게 밉보여서 좋을 것도 없고."

아까 주심이 쏘아내던 레이저 눈빛을 떠올린 박건이 순순히 대답했다.

"앞으로는 좀 더 믿도록 노력하겠습니다."

"진즉에 그럴 것이지."

이용운이 툴툴거릴 때였다.

슈악.

따악.

경쾌한 타격음이 흘러나왔다.

청우 로열스의 3번 타자인 양훈정이 네이선 밀러의 3구째 슬라이더를 받아쳐서 우전안타를 터뜨렸다.

쐐애액.

타구의 궤적을 확인하고 일찌감치 스타트를 끊은 박건이 여유 있게 3루에 도착했다.

1—0.

세 타자 연속안타가 터지며 청우 로열스는 선취점을 올리는 데 성공했다. 그리고 무사 1, 3루의 찬스는 계속 이어지고 있었다.

'잘하면 경기 초반에 네이선 밀러를 무너뜨릴 수 있지 않을까?'

3루 베이스 위에 올라선 채 박건이 속으로 이렇게 판단했을 때였다.

"힘들걸."

"왜 힘들다는 겁니까?"

박건의 질문에 이용운이 대답했다.

"엑스맨이 등장했거든."

*　　　*　　　*

2—0.

이용운의 예상대로였다.

청우 로열스는 1회 말 공격에서 2점을 뽑아내는 데 성공했지만, 여울 데블스의 선발투수인 네이션 밀러를 경기 초반에 무너뜨리는 데는 실패했다.

무사 1, 3루 상황에서 타석에 등장한 팀의 4번 타자 앤서니 쉴즈가 유격수 앞으로 향하는 내야땅볼을 때려내서 병살타를 기록했기 때문이었다.

"내가 엑스맨이라고 그랬잖아."

이용운이 언성을 높인 순간, 타석에 서 있던 구창명이 스윙했다.

부우웅.

"스트라이크아웃."

네이션 밀러의 포크볼에 속은 구창명의 배트가 허공을 갈랐다.

이어서 타석에 들어선 8번 타자 김천수는 네이션 밀러의 초구를 공략했다.

슈아악.

딱.

배트 상단 부근에 맞고 높이 솟구친 타구는 멀리 뻗지 못했다.

2루수가 내야를 살짝 벗어난 지점까지 이동해서 여유 있게 타구를 처리했다.

"엑스맨 덕분에 다 죽어가던 네이션 밀러가 살아났다."

2회 말 수비에서 네이션 밀러가 순식간에 두 개의 아웃카운트를 잡아낸 순간, 이용운이 탄식하듯 말했다.

박건도 반박하지 못했다.

1회 말의 네이션 밀러와 2회 말의 네이션 밀러.

'과연 같은 투수가 맞나?'

이런 생각이 들 정도로 확 달라진 투구 내용을 보여주고 있었기 때문이었다.

2사 주자 없는 상황에서 타석에 들어선 것은 9번 타자 임건우였다.

"후우."

그 순간, 이용운이 한숨을 내쉬었다.

그가 무척 긴장하고 있다는 사실을 간파한 박건이 말했다.

"아무래도 임건우가 첫 타석에서 안타를 때려내긴 힘들 것 같은데요."

"왜 그렇게 단정하는 거냐?"

"죽어가던 네이션 밀러가 다시 살아났으니까요."

박건이 대답했지만, 이용운의 의견은 달랐다.

"아직 모른다. 상황이 괜찮거든."

"개인적인 바람인 것 아닙니까?"

이용운은 '독한 야구' 지난 방송에서 임건우가 오늘 경기에서 안타를 생산해 낼 거라고 예측한 상황.

그 예측을 적중시키고 싶은 마음이 커서 개인적인 바람을 입에 올린 거라고 박건이 판단했을 때였다.

"개인적인 바람을 말한 게 아니다."

"맞는 것 같은데요?"

"아니라니까. 진짜 상황이 괜찮아."

이용운이 살짝 높아진 톤으로 설명했다.

"네이션 밀러가 방심하고 있거든. 그리고 임건우는 2사 주자 없는 상황이라 오히려 부담이 없어졌고."

그때였다.

슈악.

따악.

경쾌한 타격음이 흘러나왔다.

네이션 밀러의 3구째 슬라이더를 공략한 임건우의 타구는 우익수 방면으로 날아갔다.

우익수가 빙글 몸을 돌려 열심히 타구를 좇아가기 시작했다.

"넘어가라. 넘어가라."

임건우가 때린 타구가 우익수의 키를 넘기기를 바라며 이용운이 혼잣말을 중얼거렸다.

그 바람이 통한 걸까.

우익수가 마지막까지 타구를 좇아가서 점프캐치를 시도했지만, 글러브를 살짝 넘긴 타구는 펜스를 직격했다.

탁.

펜스를 직격하고 튀어나온 타구의 방향과 우익수의 위치를 고개를 돌려 확인한 임건우가 2루 베이스를 통과해 3루로 내달렸다.

쉬이익.

"세이프."

헤드퍼스트슬라이딩을 감행한 임건우가 3루에서 세이프 판정을 받은 순간이었다.

"됐다."

이용운이 소리쳤다.

'고막 나가는 줄 알았네.'

박건이 깜짝 놀랐을 정도로 이용운의 목소리는 컸다. 그리고 이용운이 내지른 고성을 들은 박건이 뺨을 부풀렸다.

"표정이 왜 그래? 후배는 안 기뻐?"

이용운이 박건의 불퉁한 표정을 확인하고 물었다.

"저도 기쁩니다."

박건이 대답했다.

임건우가 긴 슬럼프에서 빠져나오는 것.

박건도 무척 바라던 바였기에 무척 기뻤다.

그렇지만 이용운은 박건의 말을 고이 믿지 않았다.

"별로 안 기쁜 표정인데?"

이용운이 확인이라도 하듯 다시 물은 순간, 박건이 대답했다.

"기쁘기는 한데… 좀 서운하네요."

"왜 서운해?"

"제가 안타를 쳤을 때보다 훨씬 더 기뻐하시는 것 같아서요."

*　　　*　　　*

"리액션 차이가 너무 큰 것 아닙니까?"

박건이 참지 못하고 불만을 토로했다.

"쓸 만했다."

청우 로열스로 이적하며 1군 무대에 어렵게 진입했던 박건이 타석에서 첫 적시타를 때려냈을 때, 이용운에게서 돌아왔던 반응이었다.

시큰둥하던 당시 이용운의 반응과 지금 임건우가 안타를 때려냈을 때 이용운이 보여주고 있는 반응.

확연히 차이가 날 정도로 달랐기에 박건이 서운함을 느낀 것이었다.

"오해다."

"뭐가 오해라는 겁니까?"

"임건우를 후배보다 더 아껴서가 아니다. 설마 내가 영혼의 파트너인 후배보다 임건우를 더 아끼겠느냐?"

"그야 모르죠."

"뭐?"

"저희는 악연일 수도 있다니까요."

"야, 소심하게 이런 걸로 삐치냐?"

이용운의 핀잔을 듣고 더 억울한 마음이 든 박건이 입을 뗐다.

“한번 입장 바꿔서 생각해 보십시오. 만약 제가 다른 귀신의 이야기가 들리기 시작해서 선배님보다 더 가깝게 지내면 선배님은 서운하지 않겠습니까?”

“듣고 보니 서운할 수도 있겠구나.”

박건의 비유를 들은 이용운이 미안한 목소리로 변명을 꺼냈다.

“내가 임건우의 안타에 기뻐했던 건 애정 때문이 아니라 동정심 때문이었다.”

“동정심…요?”

“임건우가 청우 로열스로 이적한 후에 슬럼프를 겪으면서 마음고생을 심하게 하던 게 많이 안타까웠거든.”

“……”

“그리고 따지고 보면 이게 다 후배와 날 위해서다.”

“그건 또 무슨 궤변입니까?”

“궤변이 아니니까 잘 들어봐라.”

이용운이 토라진 아이를 달래듯이 부드러운 목소리로 설명을 시작했다.

“후배가 계약서에 옵션으로 걸었던 오억을 수령하기 위해서는 청우 로열스가 한국시리즈 우승을 차지해야 한다. 그리고 청우 로열스가 한국시리즈 우승을 하기 위해서는 임건우가 최대한 빨리 슬럼프에서 빠져나와야 했다. 그런데 임건우가 이번 타석에서 장타를 때려내면서 슬럼프에서 빠져나올 수 있는 계기가 마련됐으니 어찌 기쁘지 않을 수 있겠느냐?”

아주 틀린 말은 아니었다.

그래서 박건이 희미하게 고개를 끄덕일 때였다.

"그리고 내가 한 예측이 적중해야 '독한 야구' 청취자 수가 확 늘어날 것 아니냐? 그래야 우리가 돈을 더 많이 벌 수 있고."

'말은 참 잘해.'

괜히 생전에 해설위원이 아니었다는 생각을 박건이 속으로 하고 있을 때, 이용운이 넌지시 물었다.

"이제 마음이 좀 풀렸냐?"

"조금 풀리긴 했습니다."

"그럼 이제 준비해라."

"뭘 준비하란 겁니까?"

이용운이 대답했다.

"네이션 밀러를 초반에 확실히 무너뜨려야지."

제2장

슈악.

2사 3루 상황에서 타석에 들어선 고동수를 상대로 네이션 밀러가 던진 5구째 커브는 높았다.

"볼넷."

고동수가 잘 참아내며 볼넷을 얻어낸 순간, 마운드에 서 있던 네이션 밀러의 얼굴이 벌겋게 달아올랐다.

아웃카운트 두 개를 빠르게 잡아내면서 쉽게 끝날 것 같았던 2회 말 수비가 길어졌기 때문이리라.

2사 1, 3루의 득점 찬스에서 박건이 타석으로 들어섰다.

슈악.

네이션 밀러가 박건을 상대로 던진 초구의 구종은 슬라이더였다.

"스트라이크."

바깥쪽 낮은 스트라이크존을 걸친 공을 확인한 주심이 스트라이크를 선언한 순간, 포수가 벌떡 일어나며 1루로 송구했다.

"세이프."

스타트를 끊었던 1루 주자 고동선의 귀루가 1루수의 태그보다 간발의 차로 빨랐기에 1루심이 세이프를 선언하자, 포수가 아쉬운 기색을 드러냈다.

"잘하네."

그때, 이용운이 만족스러운 목소리로 말했다.

"아무것도 안 했는데요?"

박건이 고개를 갸웃하며 대답했다.

"초구는 그냥 지켜보자."

아까 대기타석에 서 있을 때, 이용운이 했던 조언이었다.

그래서 박건은 네이션 밀러가 던진 초구를 타석에 서서 가만히 지켜보기만 했다.

말 그대로 아무것도 안 한 상황.

그런데 뜬금없이 잘한다는 칭찬을 이용운에게 듣고 나자 이상하단 생각이 들었던 것이었다.

"후배한테 한 칭찬이 아니다."

"그럼요?"

"고동수에게 한 칭찬이지."

"……?"

"베이스러닝을 아주 잘하고 있어. 네이션 밀러가 1루 주자인 고동수에게 잔뜩 신경을 쓰는 것, 보이지?"

그 이야기를 들은 박건이 마운드 위에 서 있는 네이션 밀러를 힐끗 살폈다.

고동수의 발이 무척 빠르다는 사실을 알고 있기 때문일까.

네이션 밀러는 1루 베이스와의 거리를 조금씩 벌리고 있는 고동수의 움직임에 잔뜩 신경이 곤두서 있는 상태였다.

"직구가 들어올 거다."

"직구?"

"그래. 바깥쪽 직구. 이유는 알지?"

당연히… 몰랐다.

"압니다."

그렇지만 박건은 안다고 대답했다.

이용운에게 더 이상 무시를 당하고 싶지 않아서였다.

또, 이용운과의 대화가 더 길어지면 주심이 쏘아내는 레이저 눈빛을 다시 받을지 모른다는 걱정 때문이었다.

그리고 2구째.

슈아악.

네이션 밀러가 선택한 구종은 직구였다.

그렇지만 이용운의 예측은 반만 맞았다.

바깥쪽 직구가 아니라 거의 한가운데로 몰린 직구가 들어왔으니까.

'실투!'

박건이 두 눈을 빛내며 힘껏 배트를 휘둘렀다.

따악.

묵직한 타격음과 함께 타구가 우중간으로 날아갔다.

중견수와 우익수 사이를 갈라놓은 타구는 바운드를 일으키면서 펜스까지 굴러갔다.

2타점 적시 2루타.

2사 후에 볼넷과 안타 두 개를 허용하면서 2실점을 허용한 네이선 밀러가 분한 기색으로 글러브를 바닥에 내팽개쳤다.

일찌감치 홈플레이트를 통과한 3루 주자 임건우가 손을 들어 자신을 가리키는 것을 확인한 박건의 입가로 환한 미소가 떠올랐다.

*　　　　*　　　　*

최종 스코어 8—2.

여울 데블스의 선발투수였던 네이선 밀러를 초반에 강판시키는 데 성공한 청우 로열스는 여유 있는 승리를 거두었다.

그리고 여울 데블스와의 3연전 마지막 경기를 승리한 덕분에 위닝시리즈를 수확하는 데 성공했다.

그렇지만 청우 로열스가 위닝시리즈를 거둔 것보다 송이현을 더 기쁘게 만든 것은 임건우의 부활이었다.

4타수 3안타 2타점.

임건우는 여울 데블스와의 3연전 최종전에서 3안타 경기를 펼치며 무척 길었던 슬럼프 탈출에 성공했다.

"예측이… 적중했어."

송이현이 희미한 웃음을 머금은 채 혼잣말을 꺼낸 순간, 제임스 윤이 마치 기다렸다는 듯이 입을 뗐다.

"제가 일전에 말씀드리지 않았습니까? 임건우는 기본적으로 좋은 스윙을 갖고 있는 타자라고."

제임스 윤은 거만한 표정을 짓고 있었다.

예전이었다면 그런 제임스 윤의 말을 백 프로 신뢰했으리라.

그렇지만 지금은 조금 상황이 달라졌다.

"착각하고 있네요."

"제가 뭘 착각한 겁니까?"

"제임스에게 한 말이 아니었거든요."

"그럼요?"

"'독한 야구' 진행자에게 했던 말이었어요."

"'독한 야구'라면… 그 팟 캐스트 방송요?"

"맞아요. '독한 야구' 진행자가 임건우가 곧 슬럼프에서 탈출하는 안타를 때려낼 거라고 예측했는데, 그 예측이 적중했죠."

경쟁심이 발현된 걸까.

제임스 윤이 퉁명스러운 목소리로 말했다.

"소가 뒷걸음질치다가 쥐 잡은 거나 마찬가지인 상황일 겁니다."

"아니거든요."

"왜 아니라고 확신하시는 겁니까?

"'독한 야구' 진행자가 했던 다른 예측도 적중했거든요."

"또 어떤 예측을 했습니까?"

"여울 데블스를 상대로 위닝시리즈를 거둔 청우 로열스의 상승세가 바로 꺾일 거라고 예측했어요. 그리고 청우 로열스는 삼산 치타스와의 3연전 첫 경기에서 패하면서 연승을 이어가지 못했죠."

팟 캐스트 방송 '독한 야구' 진행자의 능력을 인정하고 싶지 않아서일까.

제임스 윤이 다시 입을 뗐다.

"그냥 찍었던 게 우연히 맞았을 겁니다."

그렇지만 송이현은 고개를 흔들며 입을 뗐다.

"우연이 아니에요."

"왜 우연이 아니라고 생각하시는 겁니까?"

"청우 로열스의 패인까지 정확히 짚었거든요."

"그 패인이 대체 뭡니까?"

제임스 윤이 공격적인 어투로 질문한 순간, 송이현이 대답했다.

"엑스맨."

* * *

"안타깝지만 청우 로열스의 상승세는 오래가지 못할 겁니다. 아, 그 전에 제가 안타깝다는 표현을 쓴 것에 대해서 편파 방송을 하는 게 아니냐며 태클이 들어올 가능성이 있기 때문에 먼저 그 부분에 대해서 분명히 말씀드리겠습니다. 편파 방송 맞습니다. 저는 청우 로열스라는 팀에 대해 애정을 갖고 있으니까요. 왜 청우 로열스에 애정을 갖고 있느냐? 그것까진 알려드릴 수 없습니다. 그렇지만 청우 로열스라는 팀이 잘되기를, 그래서 한국시리즈 우승을 차지하길 바라고 있다는 것까지는 말씀드리죠. 자, 그럼 이야기를 계속할까요? 아까 말씀드린 대로 청우 로열스는 삼산 치타스와의 3연전 첫 경기에서 패하면서 상승세가 꺾일 겁니다. 삼산 치타스는 여울 데블스에 비해 약팀이 아니냐? 그리고 강팀인 여울 데블스를 상대로 위닝시리즈를 수확하면서 청우 로열스는 상승세를 탄 상태이지 않느냐? 그러니 청우 로열스가 삼산 치타스를 이길 가능성이 높지 않느냐? 이렇게 반론하시는 분들도 많겠지만, 미리 말씀드리겠습니다. 꿈 깨세요. 청우 로열스는 내일 삼산 치타스와의 경기에서 분명히 지니까요. 그리고 기왕 말이 나온 김에 청우 로열스의 패인까지 함께 예측해 드리죠. 청우 로열스의 패인은… 엑스맨입니다."

송이현이 '독한 야구' 진행자가 했던 멘트를 떠올렸다.

그 멘트를 들을 때만 해도 청우 로열스 팀에 속해 있는 엑스맨의 정체를 몰랐다.

그런데 청우 로열스와 삼산 치타스의 3연전 첫 경기를 관전하고 난 후, 비로소 엑스맨의 정체를 짐작할 수 있었다.

"엑스맨은 앤서니 쉴즈였어요."

4타수 무안타.

청우 로열스 팀의 4번 타자인 앤서니 쉴즈는 네 타석에 들어섰지만 하나의 안타도 기록하지 못했다.

더 큰 문제는 병살타를 두 개나 기록하며 찬스를 무산시켰다는 점이었다.

테이블세터들이 밥상을 잘 차려 놓았음에도 불구하고 중심타선에 포진된 앤서니 쉴즈는 밥상을 걷어찼다.

그가 해결사 역할을 전혀 해내지 못하면서 청우 로열스는 삼산 치타스를 상대로 겨우 1득점을 올리는 데 그쳤었다.

"앤서니 쉴즈가 엑스맨이라고요?"

당황한 기색인 제임스 윤에게 송이현이 물었다.

"왜요? 찔리나 보죠?"

"네?"

"제임스도 기억하고 있죠? 앤서니 쉴즈를 청우 로열스로 영입한 장본인이 바로 제임스라는 것."

"물론… 기억합니다."

"그럼 그때 제임스가 했던 말도 기억해요?"

"제가 뭐라고 했습니까?"

제임스 윤이 머리를 긁적이며 되물었다.

"앤서니 쉴즈는 대단한 잠재력을 가진 젊은 타자입니다. KBO 리그 수준에서 충분히 통하고도 남을 겁니다."

"……?"

"이렇게 말했었어요."

"분명히 대단한 잠재력을 갖고 있습니다."

제임스 윤이 항변한 순간, 송이현이 코웃음을 치며 말했다.

"시즌이 중반으로 접어들고 있는데도 불구하고 아직까지 제임스가 말했던 앤서니 쉴즈의 대단한 잠재력은 터지질 않고 있죠."

"그건……."

"그리고 지금은 엑스맨이 됐죠."

팩트 폭행을 당한 제임스 윤의 말문이 일순 막힌 순간, 송이현이 입을 뗐다.

"기대되네요."

"뭐가 기대된단 말입니까?"

"오늘 '독한 야구' 방송요."

송이현이 두 눈을 빛내며 덧붙였다.

"오늘 방송에서 엑스맨 리스트를 공개한다고 했거든요."

*　　　*　　　*

"끄아악!"

박건이 악을 쓰면서 마지막 훈련 과정을 마친 후 바닥에 대자로 드러누웠다.

가쁜 숨을 몰아쉬고 있을 때, 이용운이 넌지시 물었다.

"어떠냐?"

"뭐가 어떠냐는 겁니까?"

"몸이 좀 달라진 것 같으냐?"

"아직 잘 모르겠습니다.

박건이 솔직하게 대답했다.

최애 음식인 짬뽕을 끊은 것은 물론이고, 테니스 스타인 초코비치처럼 글루텐 성분이 들어 있다고 알려진 밀가루 음식들의 섭취를 최대한 자제하고 있었다.

대신 단백질 위주의 식단을 고수하고 있었다.

또, 루틴을 지키며 꾸준히 정해진 스케줄대로 훈련을 계속해 나가고 있는 중이었다.

그렇지만 박건은 아직 큰 변화를 느끼지 못했다.

"벌써 달라지기야 하겠습니까?"

힘겹게 몸을 일으킨 박건이 수건으로 얼굴의 땀을 닦으며 말한 순간이었다.

"분명히 달라졌다."

이용운이 장담했다.

"정말 달라졌습니까?"

"일단 배가 좀 들어갔지 않느냐?"

"배…요?"

고개를 숙여 자신의 배를 살피던 박건이 천천히 고개를 끄덕였다.

살짝 나와 있던 아랫배가 다시 쏙 들어가 있었다.

그렇지만 그게 전부였기에 박건이 억울한 표정으로 말했다

"최애 음식인 짬뽕을 끊은 보상으로는 많이 부족합니다."

"좀 더 기다려 보거라. 곧 확실한 보상이 따를 테니까."

이용운이 재차 장담했다.

그 장담을 들은 박건의 입가로 희미한 미소가 떠올랐다.

'만약 혼자였다면?'

당장 식단 조절과 훈련의 성과가 나지 않는 것에 많이 실망했으리라.

그래서 최애 음식인 짬뽕을 비롯한 면류 음식의 유혹에 다시 넘어갔으리라.

그러나 이용운이 두 눈 크게 뜨고 지켜보고 있는 터라, 짬뽕의 유혹에도 꿋꿋하게 버틸 수 있었다.

루틴을 지키며 훈련을 계속하는 것도 마찬가지였다.

"조금 더 시간이 지나면 분명히 성과가 날 거다."

이용운이 곁에서 이렇게 응원을 해준 덕분에 힘든 훈련을 꾸준히 해나갈 수 있었다.

"여기 있었네."

그때, 낯선 목소리가 들렸다.

고개를 돌린 박건의 눈에 임건우의 모습이 들어왔다.

"한참 찾아다녔다."

임건우가 웃으며 다가오는 것을 확인한 박건이 흠칫했다.

청력에 이상이 생긴 후, 팀 동료들과 어울리는 것이 두려워졌기 때문이었다.

그때, 이용운이 물었다.

"왜 쫄아? 무슨 죄 졌냐?"

* * *

"죄 지은 건 없죠."

박건이 쓰게 웃으며 대답한 순간, 이용운이 다시 물었다.

"그런데 왜 쫄아?"

"그게……."

"팀 동료들과 친하게 지내서 나쁠 것은 없다. 야구는 팀 스포츠인 만큼 팀워크는 아주 중요하니까."

"저도 알고 있습니다. 그렇지만……."

"청력 때문에 그래?"

"네."

"그것 때문이라면 걱정할 것 없다. 내가 있잖아."

이용운의 말을 듣고 난 후, 박건이 비로소 용기를 냈다.

"무슨 일 때문에 날 찾아온 거지?"

박건과 임건우는 동갑.

박건이 조심스럽게 묻자, 임건우가 대답했다.

"네게 고맙다는 인사를 하려고."

"나한테 고마울 게 뭐가 있어?"

"네 덕분에 슬럼프에서 벗어날 수 있었다."

"……?"

"네가 좋은 활약을 해준 덕분에 날 향한 비난의 시선이 줄었어. 덕분에 부담을 덜고 타석에 들어설 수 있었고, 그게 슬럼프 탈출의 원동력이 됐어."

임건우가 대답을 마치자마자, 이용운이 말했다.

"그걸 아는 걸 보니 바보는 아니구나. 그리고 직접 찾아와서 인사를 건넬 정도로 인사성도 밝은 편이고. 인간성 괜찮아 보이네. 앞으로 친하게 지내."

박건도 비슷한 생각을 하고 있을 때였다.

"그래서 밥 한번 사고 싶은데. 시간 괜찮아?"

임건우가 물었다.

"짬뽕만 아니라면 괜찮아."

박건이 대답하자, 임건우가 흥미를 드러냈다.

"짬뽕은 싫어하나 보지?"

“아니, 최애 음식이야.”

“그런데 왜?”

“요새 밀가루 음식을 자제하고 있거든. 테니스 선수, 초코비치 알지? 초코비치는 몸 관리를 위해서 글루텐 성분이 든 밀가루 음식을 일체 배제하는 식단을…….”

박건이 밀가루 음식이 운동선수에게 끼치는 해악에 대해서 임건우에게 설명을 마쳤을 때, 이용운이 웃으며 말했다.

“내 덕에 유식해졌네. 봐라. 벌써 널 보는 눈빛이 달라졌다.”

이용운의 말대로였다.

임건우는 박건에게 새삼스러운 시선을 던지고 있었다.

“대단하네.”

“대단할 정도는 아냐. 어디서 주워들었던 이야기를 옮긴 것뿐이니까.”

박건이 멋쩍은 표정으로 대답한 순간, 임건우가 고개를 흔들었다.

“음식에 관한 지식 때문에 감탄한 게 아냐. 그걸 실천으로 옮기고 있는 네 강한 의지에 감탄한 거지. 안다고 해서 누구나 실천으로 옮기는 것은 아니거든.”

“실천으로 옮기지 않을 수 없었어.”

“응?”

‘잔소리꾼이 항상 감시하고 있거든.’이라고 대답하려는 것을 참고 박건이 다른 대답을 꺼냈다.

“야구를 잘하고 싶었거든.”

“멋있네.”

임건우가 엄지손가락을 추켜세운 순간, 이용운이 끼어들었다.

"왜 대답하기 전에 멈칫거렸어?"

"그게……."

"원래 잔소리꾼 때문이라고 대답하려 했던 것 아냐?"

'진짜 귀신이 따로 없네. 아니, 귀신이구나. 괜히 귀신이 아니네.'

속으로 혀를 내두르던 박건이 수긍했다.

"귀신의 직감은 무섭네요."

"하, 슬프다. 기껏 피와 살이 되는 충고를 해줬더니 잔소리꾼이라고? 이래서 옛말에 머리 검은 짐승은 거두는 게 아니라고 했는데."

이용운이 탄식하는 것을 박건이 무시했을 때, 임건우가 다시 제안했다.

"그럼 고기를 사야겠네."

"고기라면 언제든……."

박건이 막 제안을 수락하려 했을 때였다.

"안 돼."

이용운이 버럭 소리쳤다.

박건이 인상을 팍 구긴 채 물었다.

"왜 안 된다는 겁니까?"

"'독한 야구' 녹음해야지."

이용운의 대답을 들은 박건이 재빨리 말했다.

"그냥 하루 쉬죠."

"쉬자고? 안 돼."

"어차피 '독한 야구' 듣는 사람도 많지 않지 않습니까? 하루쯤

쉰다고 해도 상관없을 것 같은데."

"아냐. 청취자들과의 약속을 버릴 순 없어. 그리고 오늘 방송에서 엑스맨 리스트를 공개하기로 했던 것, 잊었어?"

"고기 먹고 싶은데."

"다음에 먹자고 그래."

"아까 팀원들과 친하게 지내라고 말씀하셨잖습니까?"

"야, 꼭 고기를 먹어야 친해지냐? 같이 고기 안 먹어도 충분히 친해질 수 있어."

이용운의 다급한 목소리를 들은 박건이 결국 한숨을 내쉬며 임건우에게 입을 뗐다.

"밥은 다음에 먹자."

"왜? 약속 있어?"

"아직 훈련이 덜 끝났거든."

박건의 대답을 들은 임건우가 두 눈을 빛내며 물었다.

"매일 개인 훈련을 하는 거야?"

"응."

"진짜 대단하네."

임건우가 재차 새삼스러운 시선을 던지며 덧붙였다.

"훈련을 방해할 수는 없지. 그럼 다음에 꼭 밥 한번 살게."

"그래. 꼭 사라."

임건우와 인사를 나눈 박건이 다시 하체 훈련을 시작하려 했을 때였다.

"앞으로 잘 부탁한다."

"……?"

"방금 임건우가 이렇게 말했다."

'아!'

이용운의 설명을 듣고 상황을 이해한 박건이 소리쳤다.

"오히려 내가 할 말이야. 앞으로 잘 부탁한다."

* * *

이용운의 표현대로라면 박건은 '왕따'였다.

청력에 이상이 생긴 후, 박건은 의도적으로 팀 동료들과 어울리지 않으며 스스로 왕따가 되기를 자처했으니까.

그리고 그런 상황은 청우 로열스로 팀을 옮긴 후에도 별반 달라지지 않을 거라고 예상했었는데.

임건우를 만나서 대화를 나누고 난 후, 박건의 생각이 바뀌었다.

'내 청력에 이상이 있지만 더 이상 두려워할 필요는 없다. 날 대신해서 들어줄 수 있는 사람, 아니, 귀신이 있으니까.'

이용운 덕분에 공포심이 덜어지자, 자신감이 생겼다.

그래서 임건우와 나누었던 대화는 박건에게 큰 의미가 있었다.

"시작하자."

그때, 이용운이 '독한 야구' 녹음을 시작하자고 제안했다.

"녹음 시작하기 전에 저한테는 미리 알려주시죠?"

"뭘 알려 달란 거냐?"

"엑스맨 리스트요."

'독한 야구' 지난 방송에서 이용운은 청우 로열스에 숨어 있는 엑스맨 리스트를 공개하겠다고 말했다.

그 사실을 기억하고 있던 박건이 호기심을 이기지 못하고 미리 알려달라고 부탁한 것이었다.

"나중에 알려주마."

그렇지만 이용운은 박건의 부탁을 거절했다.

"나중에 언제요?"

"적당한 때가 되면 알려주마."

이용운의 대답을 들은 박건이 고개를 갸웃했다.

"분명히 오늘 방송에서 엑스맨 리스트를 공개하기로 했지 않습니까?"

"그랬지."

"그런데 왜……?"

"공개 시기를 조금 더 뒤로 미루기로 했다."

그 대답을 들은 박건이 눈살을 찌푸렸다.

"아까 선배님 입으로 청취자들과의 약속을 저버릴 수 없다고 말씀하시지 않았습니까? 그런데 청취자들과 약속했던 걸 왜 안 지키시려는 겁니까?"

"그럴 만한 이유가 있다."

"무슨 이유요?"

박건이 살짝 언성을 높이자, 이용운이 의아한 목소리로 물었다.

"왜 이렇게 흥분해?"

"고기 못 얻어먹었으니까요."

"고작 고기 때문에……."

"그리고 제가… '독한 야구' 진행자이니까요."

"진행자?"

"제가 '독한 야구'의 진행자가 맞지 않습니까? 그런데 청취자들과 했던 약속을 어기게 생겼는데 어떻게 흥분하지 않을 수 있습니까?"

박건이 대답하자, 이용운이 코웃음을 쳤다.

"착각하지 마라. '독한 야구'의 진행자는 어디까지나 나이니까."

"하지만……."

"후배는 그냥 내 말을 옮기는 게 전부이지 않느냐?"

박건이 반박할 말을 찾지 못한 순간, 이용운이 덧붙였다.

"그리고 이게 다 우리 방송을 위해서다."

"그건 또 무슨 말씀이십니까?"

이용운이 한숨을 내쉬며 대답했다.

"후배는 방송을 몰라."

* * *

"팟 캐스트 방송 '독한 야구'는 선수, 감독, 심지어 팬들까지 모두 독하게 까는 해설 방송입니다. 심장이 약한 분들과 임산부와 노약자는 가능한 청취를 금해주시기 바라며, 하루에 딱 한 경기만 집중해서 해부하는 '독한 야구', 시작하겠습니다. 청취자분들께서는 이미 알고 계시겠지만, 제가 했던 예측이 또 적중했습니다. 청우 로열스가 약체 삼산 치타스와의 3연전 첫 경기에서 완패했으니까요. 뭐, 청우 로열스가 워낙 자주 지다 보니 그리 새삼스러운 일도 아니긴 하네요. 그래도 청우 로열스의 패인은 분석해 봐야죠. 제가 판단하는 청우 로열스의 패인, 바로 엑스맨으로 암약하고 있는 앤서니 쉴즈입니다. 계약금 20만 달러, 연봉 60만 달러. 총액 80만 달러라는 거액을 지급하고 데려온 외국인 타자 앤서니 쉴즈는 과연 몸값에 걸맞은 활약을 하고 있을까요? 단언컨대 몸값에 걸맞는 활약을 못 하고 있습니다. 속된 말로 먹튀 수준이죠. 그래서 앤서니 쉴즈를 욕하시는 분들이 많지만, 엄밀히 말하면 앤서니 쉴즈만의 책임이 아닙니다. 앤서니 쉴즈의 부진에 더 큰 책임이 있는 사람이 있거든요. 누구냐고요? 바로 청우 로열스의 스카우트 팀장인 제임스 윤입니다. 해태 눈깔을 달고 있었던 셈이니까요."

진행자의 멘트에 귀를 기울이고 있던 송이현의 입가로 미소가 번졌다.

"제임스 윤도 나 때문에 고생이 많네."

그냥 미국에 계속 머물렀다면?

제임스 윤은 여전히 잘나가는 스카우트 담당자로 남았을 것이었다.

그렇지만 자신의 제안을 수락하고 한국으로 건너온 이후, 제임스 윤은 수난 시대를 겪고 있었다.

청우 로열스 팬들에게서는 야알못 스카우트 팀장이라고 비난을 받고 있었고, '독한 야구' 진행자에게서도 해태 눈깔을 달고 있다는 모욕을 당했다.

그래서 조금 미안하단 생각을 하며 송이현이 다시 귀를 기울였다.

"병살타 두 개, 삼진 하나, 평범한 외야플라이 하나. 앤서니 쉴즈는 지난 경기에서 4타수 무안타를 기록했습니다. 한바탕 욕이라도 퍼부어주고 싶지만, 제 입이 더러워질 것 같아서 더 자세한 이야기는 그냥 건너뛰겠습니다. 대신 오늘은 엑스맨 앤서니 쉴즈의 미래에 대해서 얘기를 나눠보겠습니다. 지금 청우 로열스가 처해 있는 상황, 산 너머 산이라는 표현이 딱 어울립니다. 시즌 도중에 트레이드를 통해서 팀에 합류했던 임건우 선수가 겨우 슬럼프에서 빠져나왔더니, 이번엔 앤서니 쉴즈라는 새로운 엑스맨이 존재감을 드러내기 시작하면서 청우 로열스의 상승세를 꺾어놓고 있으니까요. 과연 엑스맨 앤서니 쉴즈를 어찌해야 하느냐? 방법은 결국 두 가지입니다. 버리든가. 고쳐 쓰든가."

송이현이 눈살을 찌푸렸다.

앤서니 쉴즈를 버리느냐? 아니면, 앤서니 쉴즈를 고쳐서 쓰느냐?

'독한 야구' 진행자가 제시한 해법은 두 가지였다. 그리고 앤서니 쉴즈의 부진이 길어지면서 송이현도 두 가지 방법을 모두 고려해 봤었다.

그렇지만 선택을 내리기는 쉽지 않았다.

우선 앤서니 쉴즈와의 계약을 해지하고 대체 용병을 구하는 것은 금전적인 손실과 위험부담이 너무 컸다.

만약 앤서니 쉴즈와 계약을 해지하게 되면, 계약금과 연봉으로 지급한 80만 달러를 허공에 날리게 된다.

또, 대체 용병과 계약하는 데도 최소 수십만 달러가 들어갈

터였다.

게다가 어렵사리 대체 용병을 구해서 새로운 계약을 맺는다고 하더라도 그 대체 용병이 좋은 활약을 펼칠 거란 확신도 없었다.

그래서 앤서니 쉴즈를 고쳐서 쓰는 편이 최선이었지만, 그것도 쉬운 일은 아니었다.

앤서니 쉴즈는 좀처럼 KBO 리그에 적응하지 못하고 있었으니까.

'무슨 방법이 없을까?'

그로 인해 송이현이 답답한 표정을 지었을 때, '독한 야구' 진행자의 멘트가 이어졌다.

"옛말에 사람은 고쳐서 쓰는 게 아니라고 하죠. 그렇지만 버릴 수 없다면 울며 겨자 먹는 심정으로 고쳐서 쓰는 수밖에 다른 방법이 없죠. 그래서 제 판단에는 강한 충격요법이 필요할 것 같습니다."

'충격요법?'

송이현이 호기심을 드러냈을 때, '독한 야구' 진행자가 말을 이었다.

"자, 그럼 어떤 충격요법을 사용해야 하느냐? 궁금하시죠? 그렇지만 그에 관한 이야기는 다음 시간에 다시 말씀드리겠습니다. 아쉽게도 방송 시간이 다 됐거든요. 힌트를 하나 드리자면, 앤서니 쉴즈의 타격폼을 유심히 살펴보십시오. 그럼 '독한 야구' 마치겠습니다. 다음 시간에 다시 만나도록 하죠."

"이렇게 끝내는 법이 어딨어?"

잔뜩 집중해서 귀를 기울이고 있던 송이현이 눈살을 살짝 찌푸렸다.

앙꼬 빠진 찐빵이랄까.

정작 가장 중요한 이야기는 하지 않고 방송을 끝내 버린 셈이었다.

잠시 후, 송이현이 허탈한 표정으로 혼잣말을 꺼냈다.

"방송 잘하네."

청취자인 자신을 쥐락펴락하면서 안달 나게 만드는 것.

'독한 야구' 진행자가 방송을 잘한다는 증거였다.

"가만, 그러고 보니 엑스맨 리스트도 공개하지 않았잖아."

뒤늦게 지난 방송에서 약속했던 엑스맨 리스트도 공개하지 않았다는 사실을 알아챈 송이현이 한숨을 내쉬며 덧붙였다.

"악마의 편집이 따로 없네."

*　　　*　　　*

부웅. 부우웅.

경기를 앞두고 타격 케이지에서 타격 연습을 하는 앤서니 쉴즈의 모습을 박건이 유심히 살폈다.

'타격폼에 힌트가 있다고 했어.'

박건이 타격 연습을 하는 앤서니 쉴즈를 주시하는 이유.

이용운이 '독한 야구' 지난 방송 말미에 앤서니 쉴즈의 타격폼에 힌트가 숨어 있다고 말했기 때문이었다.

물론 의문을 해소할 수 있는 가장 쉬운 방법은 이용운에게 직접 물어보는 것이었다.

그렇지만 박건은 그 방법을 배제했다.

"넌 머리를 장식품으로 달고 다니냐? 생각이란 걸 할 줄 몰라?"

이런 반응이 돌아올 게 뻔했기 때문이었다.

"뭐가 문제일까?"

따악. 따악.

경쾌한 타격음을 잇따라 만들어내고 있는 앤서니 쉴즈를 바라보면서 박건이 혼잣말을 꺼냈다.

"어깨가 너무 일찍 열리나? 아니면, 중심 이동에 문제가 있나?"

잠시 후, 이용운이 물었다.

"그거 혼잣말이냐? 아니면, 나한테 한 질문이냐?"

"혼잣말입니다."

"진짜 혼잣말, 맞아?"

"그렇다니까요."

박건이 시치미를 뚝 뗀 채 대답하자, 이용운이 혀를 찼다.

"백날 봐도 모를걸. 진짜 중요한 건 따로 있거든."

"그 중요한 게 대체 뭡니까?"

"비교."

'뭘 비교하란 거지?'

박건이 속으로 생각하고 있을 때, 앤서니 쉴즈가 타격 연습을 마치고 타격 케이지에서 빠져나왔다.

"표정 봐라."

그때 이용운이 혀를 차며 말했다.

"경기를 혼자서 계속 말아먹으면서도 미안한 기색이라고는 눈곱만큼도 찾아볼 수가 없구나. 하긴 이미 받을 돈은 다 받았으니까."

"본인도 답답할 겁니다."

"왜 답답해한다고 생각해?"

"아까 보니까 타격 부진에서 탈출하기 위해서 타격코치님이 하시는 말씀에 귀를 기울이고 있던데요."

박건이 자신이 목격했던 장면에 대해 알려주었지만, 이용운은 코웃음을 쳤다.

"그냥 듣는 척 연기한 거야."

"그걸 선배님이 어떻게 압니까?"

"달라진 게 없으니까."

"……?"

"마이너리그에 있을 때와 지금, 앤서니 쉴즈의 타격폼을 비교해 보거라. 전혀 달라진 게 없으니까."

'그래서였구나.'

박건이 아까 중요한 건 '비교'라는 이용운의 말을 떠올리며 고개를 끄덕였다.

"전혀 안 바뀌었습니까?"

"그래. 눈곱만큼도 안 바뀌었다. 이게 뭘 의미하는 건지 아느냐? 앤서니 쉴즈가 KBO 리그를 개무시한다는 뜻이다."

"개무시요? 굳이 그렇게 극단적으로 말씀하실 필요는……."

"앤서니 쉴즈가 타격 슬럼프에서 벗어날 수 있도록 타격코치가 수시로 조언을 했음에도 불구하고 전혀 그 조언들을 수용하지 않았지. 야구 변방인 한국의 일개 타격코치가 뭘 안다고 감히 내 타격폼을 수정하라 마라야? 분명히 이런 생각을 갖고 있기 때문에 앤서니 쉴즈는 타격폼을 수정하지 않는 것이다."

이용운의 이야기도 일리가 있다는 생각이 들었다. 그래서 그에 대해 더 질문하는 대신 박건이 화제를 돌렸다.

"그래서 충격요법이 필요하다고 말씀하셨군요?"

"맞다. 지금 상황에서는 아무리 코칭스태프들이 옆에서 떠들어봐야 소귀에 경 읽기나 마찬가지일 테니까."

"그런데… 충격을 받긴 할까요? 아까 말씀하신 대로 앤서니 쉴즈는 이미 받을 돈을 다 받은 상황이지 않습니까?"

"한 가지 방법이 있다."

"어떤 방법입니까?"

이용운이 대답했다.

"자존심에 스크래치를 내는 거지."

* * *

'이걸 내가 왜 해야 하는 거지?'

박건이 한숨을 푹 내쉬었다.

그리고 앤서니 쉴즈를 향해 걸어가지 않고 계속 머뭇거리고 있자, 이용운이 재촉했다.

"왜 빨리 안 가고 머뭇거려?"

"꼭 해야 합니까?"

"잊지 마라."

"갑자기 뭘 잊지 말란 말입니까?"

"오억."

갑자기 오억 타령을 하던 이용운이 덧붙였다.

"앤서니 쉴즈를 고쳐 써야만 청우 로열스의 한국시리즈 우승이 가능하다."

'역시 옵션 계약을 잘못했어.'

내심 탄식하면서 박건이 더 버티지 못하고 앤서니 쉴즈의 곁으로 다가갔다.

"잠깐 얘기 좀 할까?"

박건이 영어로 말을 걸었다.

그렇지만 앤서니 쉴즈에게서 대답은 돌아오지 않았다.

앤서니 쉴즈는 박건을 빤히 바라보기만 했다.

'내 말을 무시하는 건가?'

그 반응으로 인해 박건의 빈정이 상했을 때였다.

"후배를 무시한 게 아니다."

이용운이 딱 잘라 말했다.

"그럼 왜 대답이 없는 겁니까?"

"못 알아들었다."

"……?"

"영어 발음이 형편없거든."

제3장

'내 발음이 그 정도로 형편없었나?'

박건의 얼굴이 벌겋게 달아올랐을 때, 이용운이 핀잔을 건넸다.

"가뜩이나 발음이 형편없는데 웅얼거리기까지 하니 앤서니 쉴즈가 알아듣는 게 오히려 이상한 일이지."

'역시 독설가.'

아픈 상처에 소금을 뿌려대고 있는 이용운으로 인해 박건이 혀를 내두를 때였다.

"영어는 자신감이다. 이런 말, 못 들어봤어?"

"자신감요?"

"그래. 웅얼거리지 말고 큰 소리로 한 단어씩 또박또박 다시 말해봐라."

박건이 크게 숨을 내쉰 후 다시 입을 뗐다.

"잠깐, 얘기, 좀, 할까?"

박건이 시키는 대로 한 단어씩 또박또박 말하고 나자, 앤서니 쉴즈에게서 대답이 돌아왔다.

"내게 할 말이 뭐지?"

물론 박건은 알아듣지 못했다.

그렇지만 이용운이 통역자처럼 재빨리 해석해 준 덕분에 간신히 대화를 이어나갈 수 있었다.

"나와 내기 하나 하자."

"무슨 내기?"

"내 공을 네가 때려낼 수 있는지 내기를 하자."

"What?"

앤서니 쉴즈가 황당하단 표정을 지었다.

"넌 투수가 아니라 외야수잖아?"

"지금은 그렇다. 그렇지만 야수로 전향하기 전까지는 투수였다."

"……?"

"그리고 고등학교 선수 시절에는 꽤 괜찮은 투수라고 소문이 자자했었지."

박건의 대답을 들었음에도 앤서니 쉴즈는 황당한 표정을 지우지 못했다. 그런 그에게 박건이 물었다.

"해볼래?"

"내가 왜 이 내기를 해야 하지?"

"그냥."

"그냥?"

"재밌을 것 같지 않아?"

"별로."

심드렁한 표정으로 대꾸한 앤서니 쉴즈가 물었다.

"내가 이 내기를 해서 얻을 수 있는 게 뭐지?"

"돈. 원래 내기에는 돈을 걸어야 재밌는 법이잖아."

돈을 걸고 내기를 할 거란 이야기를 들은 앤서니 쉴즈의 표정이 일변했다.

흥미를 느낀 앤서니 쉴즈가 두 눈을 빛내며 물었다.

"얼마나 걸 거지?"

"십……."

박건이 십 달러라고 막 대답하려 한 순간이었다.

"천 달러."

이용운이 불쑥 말했다.

그 내기 액수를 들은 박건이 당황한 표정으로 물었다.

"방금 말이 헛나오신 거죠?"

"제대로 말했다."

"그러니까 십 달러가 아니라 천 달러짜리 내기를 하라고요?"

"그래, 맞다."

이용운이 재차 확인해 준 순간, 박건이 불평했다.

"너무 많잖아요."

"앤서니 쉴즈와 내기에서 이겨서 고작 십 달러 따서 뭐 하게? 최소 천 달러 정도는 따야 어디 쓸 데가 있을 것 아냐. 그리고 십 달러 걸고 내기를 하자고 하면 앤서니 쉴즈는 분명히 응하지 않을 거야."

"왜요?"

"앤서니 쉴즈가 올해 챙긴 계약금과 연봉을 합하면 팔십만 달러다. 그런데 고작 십 달러짜리 내기에 응하고 싶은 마음이 들겠어? 최소한 천 달러 정도는 돼야 한번 해볼 생각이 들 것 아냐?"

이용운의 이야기는 일리가 있었다.

그럼에도 불구하고 박건은 흔쾌히 응할 수 없었다.

"그렇긴 하지만……."

"또 뭐가 문제야?"

"만약 내기에서 지면요?"

올 시즌에 십억 가까운 계약금과 연봉을 받는 앤서니 쉴즈와 연봉이 삼천오백만 원에 불과한 박건의 입장.

분명히 달랐다.

천 달러는 박건에게 무척 거액이었다. 그래서 내기에서 패했을 경우를 걱정하지 않을 수 없는 것이었다.

이용운이 어떤 해결책을 제시해 주길 기대했는데.

그는 무책임한 말을 툭 내뱉었다.

"이기면 되지."

* * *

이용운의 말대로였다.

"천 달러를 걸고 하자."

박건이 내기 액수가 천 달러라고 밝히자, 앤서니 쉴즈의 심드렁하던 태도는 적극적으로 바뀌었다.

"내기 방식은?"

"내가 마운드에서 공을 던지고, 넌 타석에 서. 그리고 아웃카운트 세 개를 잡기 전에 네가 내게서 안타를 하나라도 빼앗아내면 네가 이번 내기에서 이기는 거야. 반대로 네가 안타를 치지 못하는 사이에 내가 아웃카운트 세 개를 잡아내면 내가 이기는 거고. 어때?"

박건이 내기 방식에 대해서 알려주자, 앤서니 쉴즈가 못마땅한 기색을 드러냈다.

"왜? 내기 방식이 마음에 안 들어?"

"그래. 마음에 안 든다."

"어떤 부분이 마음에 안 드는 거지?"

"너무 쉽다."

"내게 너무 유리하단 뜻이야? 그러니까 아웃카운트 수를 더 늘려달란 뜻이야?"

"아니, 반대다."

"……?"

"아웃카운트 하나를 빼앗기기 전에 네게서 안타를 빼앗아내지 못하면 내가 내기에서 지는 걸로 하지."

박건은 이 내기에서 꼭 이겨야 하는 입장.

앤서니 쉴즈가 새로 한 제안을 마다할 이유가 없었다.

"후회하지 마. 나중에 딴소리 하기 없다."

"오히려 내가 하고 싶은 말이다."

내기 방식까지 정해진 순간이었다.

"조던, 벤슨. 이리 와봐."

앤서니 쉴즈가 청우 로열스의 외국인 선수들인 조던 픽스와 라이언 벤슨을 불렀다. 그리고 청우 로열스의 주장을 맡고 있는 백선형도 불렀다.

"주장, 나와 여기 있는 박건이 재밌는 내기를 하기로 했어."

"어떤 내기?"

백선형의 질문을 받은 앤서니 쉴즈가 잔뜩 신이 나서 박건과 하기로 한 내기의 내용에 대해서 설명했다.

"어때? 재밌을 것 같지 않아?"

"재밌겠다."

"설마 앤서니가 지는 것 아냐?"

조던 픽스와 라이언 벤슨은 흥미를 드러냈다.

반면 백선형은 박건에게 우려 섞인 시선을 던졌다.

"박건."

"네, 선배님."

"진짜 이 내기를 할 생각이야?"

"그렇습니다."

"혹시… 팀원들과 친해지려고 일부러 노력하는 건가? 그것 때문이라면 이렇게 무리한 내기를 할 필요는……."

"다른 이유 때문입니다."

"다른 이유? 뭐지?"

"우리 팀을 위해서입니다."

박건이 대답했지만, 백선형은 제대로 이해한 기색이 아니었다. 그렇지만 자세한 설명을 더하기도 애매한 상황이었다.

"이번 내기가 팀을 위한 행동이란 것, 확실해?"

"그렇습니다."

"나중에 제대로 설명해야 해."

"알겠습니다."

"좋아. 그럼 해봐. 그리고 기왕이면 내기에서 이겨. 개인적으로 앤서니 쉴즈가 별로 마음에 들지 않거든."

고비용 저효율 외국인 선수인 앤서니 쉴즈.

게다가 앤서니 쉴즈는 본인의 부진으로 인해 여러 경기에서 패했음에도 불구하고 팀원들에게 미안한 기색 따윈 비치지 않았다.

그런 만큼, 청우 로열스의 주장을 맡고 있는 백선형 입장에서 앤서니 쉴즈가 곱게 보일 리 없었다.

"꼭 이기겠습니다."

박건이 대답한 순간, 백선형이 덧붙였다.

"그리고 너무 부담 가질 필요는 없어. 만약 내기에서 네가 패할 경우에 천 달러는 내가 대신 내줄 테니까."

예상치 못한 제안을 들은 박건이 입을 뗐다.

"그럴 일 없을 겁니다."

"……?"

"그렇지만 만에 하나 제가 내기에서 지게 된다면… 선배님의 제안을 감사히 받아들이겠습니다."

* * *

"그럴 일 없을 겁니다. 거기서 딱 끝냈어야지. 모양 떨어지게 뒤에 말을 왜 붙인 거야?"

이용운이 타박했다.

물론 박건도 "그럴 일 없을 겁니다."란 말 뒤에 자신이 덧붙였던 말이 모양새가 떨어진다는 것쯤은 알고 있었다.

그렇지만 연봉이 삼천오백만 원에 불과한 가난한 프로야구 선수인 박건의 입장에서는 최악의 경우를 가정하지 않을 수 없었다.

"어쨌든 판은 마련됐다."

그때, 이용운이 못마땅한 목소리로 한마디를 덧붙였다.

그의 말대로였다.

박건과 앤서니 쉴즈가 내기를 한다는 소식은 청우 로열스 팀원들에게도 전해졌고, 모두 흥미를 드러내고 있었다.

"시작하겠습니다."

팀의 주전포수인 김천수가 기꺼이 포수마스크를 썼고, 팀의 주장인 백선형이 주심을 맡았다.

'오랜만이네.'

천천히 마운드로 걸어 올라가던 박건의 두 눈에 감회가 어렸다.

야수로 전향한 이후, 박건은 한 번도 마운드 위에 올라간 적이 없었다.

미련, 그리고 아쉬움 때문에 일부러 마운드를 더 외면했었다. 그런데 예상치 못했던 갑작스러운 내기에 휘말려 다시 마운드를 밟게 된 셈이었다.

"후회하게 해주지."

앤서니 쉴즈가 타석으로 들어서며 소리쳤다.

이번 내기에서 본인이 승리할 것이라고 앤서니 쉴즈는 확신하고 있었다.

그런 그의 오만한 표정을 확인한 순간, 박건의 승부욕이 치밀어 올랐다.

"이기고 싶다."

박건이 작게 혼잣말을 꺼냈을 때였다.

"그럼 이기면 되지."

이용운이 말했다.

물론 박건도 그러고 싶었다.

이번 내기에서 꼭 이겨서 거만하기 짝이 없는 앤서니 쉴즈의 코를 납작하게 만들어주고 싶었다.

또, 이번 내기에 걸려 있는 천 달러를 차지하고 싶었다.

그렇지만 야구는 의욕이 넘친다고 해서 뜻대로 되는 게 아니었다.

'구속이 얼마나 나올까? 그리고 과연 제구가 될까?'

앤서니 쉴즈에게 내기를 제안할 당시와 마운드에 올라온 지금.

박건이 느끼는 감정은 또 달랐다.

막상 마운드 위에 오르고 나자, 현실적인 걱정들이 앞서며 긴장이 밀려들었다.

후우.

박건이 긴장을 몰아내기 위해서 크게 숨을 내쉬며 주위를 살폈다.

앤서니 쉴즈와 박건의 내기를 지켜보기 위해서 우르르 몰려들어 있는 팀원들의 두 눈에는 호기심이 깃들어 있었다.

'괜히 나섰다가 망신만 당하는 게 아닐까?'

그 시선들을 확인한 박건의 우려가 극으로 치달아갔을 때였다.

"무대는 제대로 마련됐다."

이용운이 흥이 오른 목소리로 말했다.

"무슨 뜻입니까?"

"한창기 감독도 보고 있거든."

"네?"

"더그아웃에 한창기 감독이 앉아 있는 것, 안 보여?"

박건이 더그아웃 쪽으로 고개를 돌렸다.

이용운의 말처럼 더그아웃에 앉아서 마운드에 서 있는 자신을 지켜보는 한창기 감독을 확인한 순간, 박건이 혀를 내밀어 바싹 마른 입술을 훑었다.

"이거 일이 너무 커졌는데요?"

"어때? 승부욕이 더 발동하지 않느냐?"

"좀 떨리네요."

박건이 솔직하게 대답한 순간, 이용운이 말했다.

"공 세 개로 끝내자."

"……?"

"삼구삼진으로 앤서니 쉴즈를 돌려세우자는 뜻이다."

이용운이 부연 설명을 했다.

그렇지만 박건은 미간을 찌푸렸다.

막상 마운드에 서고 나니, 타석에 들어서 있는 앤서니 쉴즈가 무척 위협적으로 느껴졌기 때문이었다.

'유인구 위주로 승부 하자.'

그래서 이런 계획을 막 세웠었는데.

이용운은 남의 속도 모르고 공 세 개로 끝내자고 제안하고 있었다. 그리고 아직 끝이 아니었다.

"초구는 한가운데 직구를 던져라."

'한가운데 직구를 던지라고?'

박건이 놀란 표정을 지었다.

초구로 한가운데 직구를 던졌다가 앤서니 쉴즈에게 홈런을 허용하는 모습이 눈에 훤히 그려졌기 때문이었다.

그런 박건의 속마음을 읽었을까.

이용운이 다시 입을 뗐다.

"앤서니 쉴즈는 초구를 그냥 지켜볼 거다."

"왜요?"

"투수 박건에 대해 아는 게 없으니까."

"나에 대해 아는 게 없다?"

"저 멍청하고 한심한 자식이 대체 뭘 믿고 이런 내기를 제안한 거지? 지금 앤서니 쉴즈는 무척 궁금할 거다. 그래서 후배가 어느 정도의 공을 던지는지 확인하기 위해서 초구는 그냥 지켜볼 공산이 크다."

이용운의 계산이 맞다는 생각이 들었다.

그제야 박건이 한가운데 직구를 던지다가는 앤서니 쉴즈에게 홈런을 허용할 거라는 두려움에서 간신히 벗어날 수 있었다.

'부딪쳐 보자.'

결심을 굳힌 박건이 와인드업을 시작했다.

*　　*　　*

오래전에 마운드를 떠났다. 그래서 마운드 위에서 와인드업을 하고, 공을 던지는 것이 무척 어색할 거라 예상했는데.

그 예상은 빗나갔다.

이상하리만치 마운드 위에서 공을 던지는 것이 낯설지 않았다.

'지금.'

박건의 손에서 공이 떠났다.

슈아악.

팡.

박건의 손을 떠난 공이 홈플레이트를 통과한 후 김천수가 앞으로 내밀고 있던 포수미트에 틀어박혔다.

'이거다!'

포수의 미트에 공이 틀어박히며 경쾌한 소리가 흘러나온 순간, 박건은 정수리에 벼락을 맞은 것처럼 짜릿함을 느꼈다.

타석에서 홈런이나 장타를 때릴 때도, 짜릿함을 느꼈다.

그렇지만 그때와는 또 다른 느낌의 짜릿함이었다.

'투수만이 느낄 수 있는 짜릿함.'

희미한 미소를 머금었던 박건이 이내 눈살을 찌푸렸다..

'왜… 콜이 없지?'

앤서니 쉴즈를 상대로 던진 첫 번째 공.

코너워크에 신경을 쓴 공이 아니었다.

아까 이용운의 지시대로 작정하고 한가운데로 던졌던 직구였다. 그런데 주심으로 자원한 백선형은 스트라이크 선언을 하지 않았다.

'스트라이크존이 너무 빡빡한 것 아냐?'

해서 박건이 이런 불만을 품었을 때였다.

"…스트라이크."

백선형이 뒤늦게 스트라이크 선언을 했다.

그런 그는 놀란 표정을 감추지 못하고 있었다. 그리고 놀란 것은 백선형만이 아니었다.

타석에 서 있던 앤서니 쉴즈도 깜짝 놀란 표정을 짓고 있었다.

또, 두 사람의 내기를 흥미로운 시선으로 지켜보고 있던 팀원들도 놀란 기색이 역력했다.

"공 좋다."

"당장 투수로 복귀해도 되겠는데."

"구속이 140km는 되겠는데."

"야, 너보다 공이 더 빠른 것 같아."

박건이 그 반응들에 귀를 기울이고 있을 때, 이용운이 말했다.

"주심인 백선형의 스트라이크존이 좁은 게 아니다. 후배가 던진 공이 예상을 훌쩍 넘을 정도로 좋은 탓에 당황해서 스트라이크를 선언하는 게 늦었을 뿐이지."

"제 공이 그 정도로 좋았습니까?"

"아주 나쁘진 않았다."

이용운의 평가는 언제나 그랬듯이 박했다.

그렇지만 박건은 실망하지 않았다.

이용운이 꺼낸 나쁘지 않다는 평가.

무척 좋았다는 뜻임을 이제는 알고 있었기 때문이었다.

"자세한 건 나중에 다시 얘기하자."

"하지만……."

"집중해. 아직 안 끝났다."

이용운이 박건의 말을 도중에 자르며 지적했다. 그리고 이용운의 지적대로였다.

이제 겨우 공 하나를 던진 상황.

아직 앤서니 쉴즈와의 대결이 끝나지 않은 만큼, 계속 집중력을 유지해야 했다.

'어떤 공을 던질까?'

김천수는 단지 포수마스크를 쓰고 공을 받아줄 뿐이었다.

어떤 구종의 공을 던질지 결정하는 것은 오롯이 박건의 몫이었다.

'다시 직구.'

잠시 고민하던 박건이 2구도 직구를 던지기로 막 결심했을 때였다.

"2구는 커브로 던져라."

이용운이 말했다.

"커브요?"

"왜 놀라?"

"그게……."

"설마 그새 커브 던지는 법을 잊어버린 건 아니지?"

물론 그건 아니었다.

꽤 오래 전에 야수로 전향을 하긴 했지만, 커브 그립을 잊어버릴 정도로 박건이 한심하지는 않았다.

그리고 미련 때문일까.

비록 더 이상 마운드에 설 수는 없었지만, 박건은 잠들기 전에 공을 쥔 채 커브나 슬라이더 그립을 잡아보곤 했었다.

"커브 던질 수 있습니다. 제대로 떨어질지는 확신할 수 없지만."

꽈악.

박건이 커브 그립을 쥔 채, 와인드업을 했다.

슈악.

부우웅.

초구로 들어왔던 한가운데 직구를 타석에 서서 그냥 지켜봤던 앤서니 쉴즈는 2구째에는 힘껏 배트를 휘둘렀다.

그렇지만 박건이 커브를 구사할 것까지는 예상치 못했기 때문일까.

그의 배트는 허공을 갈랐을 뿐이었다.

원하던 대로 상황이 흘러가지 않기 때문일까?

2구째 커브에 크게 헛스윙을 한 앤서니 쉴즈의 표정은 딱딱하게 굳어져 있었다. 그리고 팀원들이 웅성이기 시작했다.

"커브 낙차, 봤어?"

"커쇼급이다. 커쇼급이야."

"폭포수 커브네."

"당장 실전에 나서도 되겠는데."

팀원들이 놀란 목소리로 앞다투어 꺼내는 이야기를 듣고 있던 박건이 얼떨떨한 표정을 지었다.

'왜… 더 잘 들어가는 거지?'

투수로 활약하던 당시보다 커브의 낙차가 더 크다는 것을 박건 자신도 확연히 느낄 수 있을 정도였다.

그때, 이용운이 말했다.

"자, 이번 공으로 끝내자."

"커브를 하나 더 던질까요?"

박건 본인도 깜짝 놀랐을 정도로 커브의 낙차가 컸다.

그로 인해 커브에 대한 자신감이 붙었기에 박건이 이렇게 제안한 것이었다.

"아니, 직구를 던져."

그러나 이용운의 의견은 달랐다.

"왜 커브가 아니라 직구입니까?"

"앤서니 쉴즈도 커브를 노리고 있을 테니까."

"하지만……."

"날 믿고 직구를 던져라. 단 한 가지 조건이 있다."

"어떤 조건입니까?"

"전력투구를 해라."

'알고 있었네.'

박건이 쓴웃음을 머금었다.

앤서니 쉴즈를 상대로 초구 직구를 던졌을 때, 박건은 100% 전력을 다해서 투구한 것이 아니었다.

약 80% 정도의 힘만 사용했다.

그리고 이용운은 그 사실을 이미 간파하고 있었다.

"코스는?"

"한가운데."

"……?"

"한가운데로 던져도 못 칠 거야."

'정말 그럴까?'

의심이 깃들었지만, 박건은 이내 고개를 흔들었다.

이용운을 끝까지 믿기로 결심했기 때문이었다.

'전력투구!'

박건이 결심을 굳히고 힘차게 와인드업을 했다.

슈아악.

잠시 후, 박건의 손에서 공이 떠났다.

이용운의 예상처럼 커브를 노리고 있었던 걸까?

앤서니 쉴즈는 한가운데 코스로 직구가 들어왔음에도 불구하고 배트를 휘두르지 못하고 움찔하기만 했다.

파앙.

홈플레이트를 통과한 공이 김천수가 앞으로 내밀고 있던 미트로 파고들었다.

"…스트라이크아웃."

이번에도 반박자 늦게 백선형이 스트라이크를 선언했다.

'내가… 이겼다.'

루킹삼진으로 앤서니 쉴즈를 돌려세운 순간, 박건은 또 한 번 감전된 것처럼 짜릿한 기분을 느꼈다.

그때, 이용운이 말했다.

"152㎞."

*　　　　*　　　　*

예상치 못했던 패배이기 때문일까.

앤서니 쉴즈는 분한 기색이 역력했다. 그렇지만 구질구질하게 재시합을 요구하거나 하지는 않았다.

"내가 졌다."

앤서니 쉴즈는 깔끔하게 패배를 인정했다.

'진짜 내가 이겼다?'

이용운의 지시로 앤서니 쉴즈와 내기를 했다.

그렇지만 내기에서 승리할 자신은 없었다.

'승산이 3할 정도 되지 않을까?'

박건이 승산이 오 할도 되지 않는다고 판단했던 이유.

이미 오래전에 마운드를 떠났기 때문이었다.

또, 갑작스레 내기가 성사됐기에 따로 연습할 시간도 없었기 때문이었다.

그렇지만 결국 내기의 승자는 박건이 됐다.

앤서니 쉴즈가 패배를 인정하는 말을 건넨 순간, 박건은 비로소 내기에서 승리했다는 실감이 났다.

그와 동시에 이용운에게 의문이 생겼다.

"혹시 제가 내기에서 이길 걸 알고 계셨습니까?"

"알고 있었다."

"어떻게 아셨습니까?"

"후배에게 유리한 게임이었거든."

"……?"

"한 타석에서 내기의 승부가 갈리는 상황이었다. 이런 상황에서 더 유리한 쪽은 타자가 아니라 투수다. 특히 후배의 경우는 더욱 유리했지."

"왜 저는 더 유리했던 겁니까?"

"투수 박건에 대한 정보가 전무했으니까."

박건이 천천히 고개를 끄덕였다.

앤서니 쉴즈는 투수 박건에 대해 전혀 몰랐다.

구종, 구속, 주무기 등등.

아무것도 알지 못하는 상황에서 타석에 들어섰다.

이런 상황이라면 투수가 타자에 비해 압도적으로 유리한 게 맞았다.

'그래서 내가 이긴 거구나.'

박건이 비로소 내기에서 승리한 이유를 알아챘을 때였다.

"이렇게 유리한 상황임에도 내기에서 패했다면 한심한 놈이지."

'또 시작했네.'

승리의 여운을 만끽할 시간도 주지 않고 어김없이 독설을 퍼붓던 이용운이 다시 입을 뗐다.

"그나저나 어디에 쓸 거냐?"

"뭘요?"

"천 달러."

이용운이 내기 승리로 획득한 천 달러의 사용처를 물었다.

이미 사용처를 생각해 두었기에 박건이 바로 대답했다.

"어머니께 용돈으로 드릴 겁니다."

"잘 생각했다."

'응?'

이용운이 흔쾌히 수락한 순간, 박건이 의아한 표정을 지었다.

"왜 이러세요?"

"뭐가?"

"이번엔 왜 수익배분을 하자는 말씀을 하지 않으세요?"

"흥, 푼돈에는 관심 없다. 그리고 이번에는 오롯이 후배의 힘으로 번 수익이니까."

"……?"

"네 공이 꽤 쓸 만했다."

* * *

쓸 만했다는 이용운의 표현.

극찬이나 마찬가지였다.

오랜만에 이용운에게서 칭찬을 듣고 난 후, 박건이 떠올린 것은 앤서니 쉴즈를 루킹삼진으로 돌려세웠을 때, 이용운이 했던 말이었다.

"정말 직구 구속이 150㎞를 넘었습니까?"

장난처럼 시작했던 내기였다.

당연히 스피드건으로 구속을 측정하지 않았다.

그렇지만 이용운은 박건이 전력투구했던 3구째 직구의 구속이 150㎞를 넘겼다고 단언했었다.

"내가 전에 말했잖아. 투수의 손에서 떠난 공이 포수의 미트에 도착할 때까지 걸린 시간을 통해서 구속을 예측할 수 있다고."

박건도 그 말을 기억하고 있었다.

또, 이용운이 했던 구속 예측이 스피드건으로 측정된 구속과 거의 일치한다는 사실도 이미 알고 있었다.

그럼에도 불구하고 박건은 이용운의 말을 순순히 믿기 어려웠다.

그런 박건의 속내를 읽은 듯 이용운이 물었다.

"왜? 못 믿겠어?"

"솔직히 믿기 어렵습니다."

"믿기 힘든 이유는?"

"예전보다 구속이 더 빨라졌으니까요."

투수로 활약하던 당시, 박건의 평균 직구 구속은 140㎞대 초중반이었다.

게다가 팔꿈치 부상을 입고 재활을 거친 후, 박건의 구속은 130㎞대 후반으로 더 떨어졌었다.

그런데 무척 오래간만에 다시 마운드에 서서 던진 직구 구속이 이용운의 말처럼 150㎞대 초반이라면?

구속이 오히려 상승한 셈이었다.

'이게 가능해?'

불가능하다는 생각이 들었다. 그래서 이용운이 계산을 잘못했거나 착각했을 거라고 박건이 막 판단했을 때였다.

"구속이 상승한 게 맞다."

"그렇지만……."

"팔꿈치 인대 접합수술. 후배가 받았던 수술, 맞지?"

"맞습니다."

"팔꿈치 인대 접합수술을 받고 난 후에 오히려 구속이 더 상승하는 경우가 있다는 것 정도는 후배도 알고 있지?"

"네, 알고 있습니다."

팔꿈치 인대 접합수술을 받고 재활을 거친 투수들 중에 오히려 부상 전보다 구속이 상승하는 경우가 간혹 존재한다는 사실.

박건도 알고 있었다.

그렇지만 박건은 그 케이스에 해당되지 않았다.

팔꿈치 인대 접합수술을 받고 재활을 거친 후, 직구 평균 구속이 약 3~5㎞가량 줄었으니까.

"그럼 왜 팔꿈치 인대 접합수술을 받고 재활을 거친 후에 구속이 더 상승하는지도 알아?"

"그건 모르겠습니다."

"간단해. 훈련 방법이 달라져서야."

"……?"

"수술을 마치고 재활을 거치는 과정에서 하체운동에 집중하는 경우가 많거든. 그래서 구속이 오히려 상승하는 거지."

"그럼……?"

박건이 퍼뜩 떠올린 것.

이용운의 지시로 인해 꾸준히 루틴을 지키며 하체운동을 했던 것이었다.

"그동안 하체운동을 해왔던 게 구속이 상승한 것에 영향을 미쳤을 것이다."

박건이 예상했던 대답이 돌아온 순간, 이용운이 덧붙였다.

"그렇지만 그 이유가 다는 아니다. 밀가루 음식을 배제하도록 식단을 조절한 것과 투구폼이 바뀐 것도 영향을 미쳤을 것이다."

박건이 천천히 고개를 끄덕였다.

최애 음식인 짬뽕을 비롯한 밀가루 음식을 포기한 후, 확실히 몸이 가벼워졌다는 느낌이 있었다.

또, 아까 마운드에서 투구를 할 때, 예전과는 투구폼이 달라졌다는 느낌을 받았었다.

좀 더 간결해졌다고 표현하면 적당할까.

어쨌든 중요한 것은 구속이 상승했다는 점이었다.

예전 박건이 투수를 포기하고 야수로 전향하기로 결심했던 가장 큰 이유.

구속이 하락했기 때문이었다.

'130㎞대 후반의 구속으로는 버틸 수 없다.'

이렇게 판단했기에 야수로 전향했었는데.

다시 구속이 상승했다.

그것도 1~2㎞ 상승한 것이 아니었다.

무려 10㎞ 가까이 구속이 상승한 셈이었다.

'다시 투수로 마운드에 설 수 있지 않을까?'

거기까지 생각이 미쳤던 박건의 퍼뜩 한 가지 생각을 떠올렸다.

"혹시… 여기까지 계산하고 계셨던 겁니까?"

어쩌면 이용운이 여기까지 계산을 하고 하체 훈련을 집중적으로 지시했을지도 모르겠다는 생각이었다.

"내가 전에 그랬지? 봉황의 깊은 뜻을 참새가 어찌 알겠냐고."

"그러니까 계산하셨단 말씀입니까?"

"맞다."

'내 예상이 맞았다?'

박건이 놀란 표정을 지은 채 다시 물었다.

"언제부터였습니까?"

"후배와 영혼의 파트너가 되기 전부터였다."

"……?"

"좀 더 정확히 말하면 후배의 강하고 정확한 송구 능력을 내 눈으로 확인하고 난 다음부터였다."

"왜요?"

"후배의 강한 어깨가, 그리고 투수 유망주였던 박건의 잠재력이 아까웠다."

박건이 지그시 입술을 깨물었다.

'다시 마운드에 설 수 있지 않을까?'

이런 희망을 발견한 것.

기쁘다는 감정보다는 혼란스러움이 더 컸다.

투수에서 야수로 전향할 당시, 박건은 수없이 많은 불면의 밤을 보냈을 정도로 많은 고민을 했었다.

그 고민의 과정들은 무척 고통스러웠다.

그런데 다시 고통스러운 시간을 보내야 할 수도 있다는 생각이 들자, 지레 겁부터 나는 것이었다.

그때, 이용운이 충고했다.

"꼭 선택할 필요는 없다."

"그게 무슨 말씀이십니까?"

"야수냐? 투수냐? 두 가지 중의 하나를 선택해야 할 필요는 없다는 뜻이다."

"왜 필요가 없다는 겁니까?"

이용운이 대답했다.

"같이하면 되니까."

"저더러 투타 겸업을 하란 겁니까?"

박건이 놀란 표정으로 물었다.

"왜 놀라?"

"그건……."

"투타 겸업을 하면 안 될 이유가 있느냐?"

이용운이 반문한 순간, 박건의 말문이 막혔다.

투타 겸업을 해서는 안 될 마땅한 이유를 찾지 못했기 때문이었다.

"투타 겸업은 어렵다. 하나에 집중하는 편이 낫다."

코칭스태프들과 전문가들의 일관된 주장이었다.

투타 겸업을 하는 것이 체력적으로나, 정신적으로나 선수에게 커다란 부담을 주기 때문이었다.

그렇지만 투타에 모두 재능이 있는 경우라면?

굳이 하나를 포기할 필요는 없었다.

오히려 하나를 포기하는 편이 손해였다.

실제로 일본 프로야구 출신인 오타니 쇼헤이는 메이저리그에 진출한 후에도 투타 겸업을 계속하며 아메리칸리그 신인왕까지 수상했다.

그런 오타니 쇼헤이의 활약상이 투타 겸업이 충분히 가능하다는 증거.

그럼에도 불구하고 박건은 선뜻 결정을 내리지 못하고 망설였다.

'내게 그 정도의 재능이 있을까?'

스스로에게 던진 질문에 답을 찾기 어려웠기 때문이었다.

'오타니 쇼헤이와 난 다르다.'

백 년에 한 명 나올까 말까 한 야구 천재.

오타니 쇼헤이의 이름 앞에 따라붙는 수식어였다. 그리고 그는 진짜 천재였다.

일본 프로야구를 평정하고 메이저리그에 진출한 첫해, 아메리칸리그 신인상을 수상한 것이 그가 야구 천재라는 증거였다.

반면 박건은 천재와는 거리가 멀었다.

일본 프로야구와 비교해도 수준이 한 단계 떨어진다는 KBO 리그에서도 평범에 미치지 못하는 선수.

이게 박건의 현주소였다.

게다가 박건은 청력에 이상이 있다는 치명적인 장애까지 갖고 있었다.

그래서 박건의 자신감이 끝없이 추락했을 때였다.

"후배의 재능은 뛰어난 편이다. 특히 반사신경을 비롯한 운동 능력은 해설위원으로서 수많은 선수들을 봐왔던 나조차도 감탄했을 정도였으니까."

"……."

"게다가 후배에게는 오타니 쇼헤이도 갖지 못한 것이 있다."

'내가 오타니 쇼헤이를 떠올린 건 또 어떻게 안 거야?'

박건이 속으로 혀를 내두르며 물었다.

"내가 오타니 쇼헤이보다 나은 게 대체 뭡니까?"

이용운이 대답했다.

"영혼의 파트너가 있잖아."

제4장

'복잡하게 생각하지 말자.'

박건이 고개를 흔들며 생각했다.

미리 고민해 봐야 머리만 아플 뿐이었다.

'어쨌든 천 달러 벌었네.'

앤서니 쉴즈와의 내기에서 이겨서 천 달러를 번 것에 나름 만족한 박건이 환하게 웃었을 때였다.

"천 달러 벌어서 좋냐?"

"좋습니다."

박건이 바로 대답한 순간, 이용운이 혀를 찼다.

"쯧쯧, 고작 천 달러 벌자고 내기를 한 게 아니다."

"다른 이유가 있었단 말입니까?"

"그래. 두 가지 이유가 있었지."

"하나는 천 달러를 버는 것이었을 테고, 나머지 하나는……."

"아까 내가 한 말 못 들었냐? 고작 천 달러 벌자고 이런 내기를 한 게 아니라니까. 그건 이유 축에도 못 끼지."

딱 잘라 말한 이용운이 이야기를 이어나갔다.

"첫 번째 이유는 앤서니 쉴즈에게 충격을 주기 위해서였다. 후배와의 내기에서 졌던 것, 더구나 3구째로 들어왔던 한가운데 직구에 배트도 휘둘러 보지 못하고 루킹삼진을 당했던 것, 앤서니 쉴즈 입장에서 무척 치욕적이었을 게다."

"치욕적이란 표현은 좀 과한 것 같습니다. 이래 봬도 장원 고등학교 선수 시절 에이스였으니까요."

"호랑이 담배 피우던 시절 이야기지."

"그 정도로 오래 전은 아닌데……."

"앤서니 쉴즈는 그 사실을 전혀 모른다. 그러니 그의 입장에서는 투수도 아닌 야수에게 삼구삼진을 당했다고 생각할 수밖에 없지."

박건이 두 눈을 빛냈다.

"공 세 개로 끝내자. 삼구삼진으로 돌려세우자는 뜻이다."

본격적으로 내기를 시작하기 전, 이용운이 했던 말이었다.

당시 박건이 세운 목표는 천 달러를 빼앗기지 않기 위해서 어떻게든 내기에서 이기는 것이었다.

그래서 삼구삼진에 집착하는 이용운의 의도를 파악하지 못했었다.

그렇지만 이제는 이용운이 삼구삼진에 집착했던 이유를 알 수 있었다.

앤서니 쉴즈에게 좀 더 큰 충격을 안겨주기 위해서였다.

그때, 이용운이 두 번째 이유를 밝혔다.

"또 하나의 이유는 한창기 감독에게 숙제를 안기기 위해서였다."

"숙제…요?"

"한창기 감독도 더그아웃에서 후배와 앤서니 쉴즈가 했던 내기를 모두 지켜봤다. 자연히 후배가 투구하는 모습을 지켜보았지. 그리고 나서 한창기 감독의 머릿속이 복잡해졌을 것이다."

"왜 머리가 복잡해졌다는 겁니까?"

"후배를 어떻게 활용하는 게 최선일까? 이런 고민이 생겼을 테니까."

'야수 박건이 아닌 투수 박건도 충분히 매력적이다.'

한창기 감독은 이렇게 생각했을 가능성이 높았다. 그리고 박건을 활용할 수 있는 방법이 하나 더 생긴 순간, 최선의 활용법에 대해서 고민하기 시작했을 가능성이 높았다.

'아까 내 생각이 옳았네.'

야수로 계속 뛸까? 투수로 다시 전향할까? 그도 아니면, 아예 투타 겸업을 할까?

박건에게는 세 가지 선택지가 있었다.

그 세 가지 선택지 가운데서 고민하던 박건은 이내 고개를 흔들어 고민을 털어냈었다.

미리 고민할 필요가 없다고 판단했기 때문이었다.

그 판단은 옳았다.

박건 대신 고민을 해줄 사람이 있었으니까.

바로 한창기 감독이었다.

덕분에 마음이 한결 홀가분해진 박건의 표정이 밝아졌을 때, 이용운이 말했다.

"이제… 진짜 야구하자."

*　　　*　　　*

청우 로열스와 삼산 치타스의 3연전 2차전.

청우 로열스는 에이스인 조던 픽스를, 삼산 치타스는 5선발인 유성태를 선발투수로 마운드에 올렸다.

1회 초 청우 로열스의 공격.

이용운이 리드오프 임무를 부여받고 있는 고동수를 바라보며 생각에 잠겼다.

'슬슬 엑스맨 리스트를 작성해야지.'

지지난 '독한 야구' 방송 말미에 이용운은 청우 로열스에서 암약하고 있는 엑스맨들의 리스트를 공개하겠다고 예고했다.

그러나 지난 방송에서 이용운은 그 약속을 지키지 않았다.

깜빡했던 것이 아니었다.

의도적으로 엑스맨 리스트를 공개하지 않았다.

굳이 비유를 하자면 악마의 편집을 한 셈이었다. 그리고 악마의 편집은 청취자들의 수를 더 늘리는 데 분명히 효과가 있었다.

그렇지만 악마의 편집이 과하면 오히려 독이 되는 법이었다.

슬슬 청우 로열스에서 암약하고 있는 엑스맨들의 리스트를 발표해야 할 때가 다가오고 있었다.

슈악.

"볼."

리드오프 임무를 부여받고 출전해서 첫 타석에 들어서 있는 고동수를 살피던 이용운이 흡족한 표정을 지었다.

'잘 참았네."

2볼 2스트라이크 상황에서 삼산 치타스의 선발투수인 유성태는 좋은 유인구를 던졌다.

스트라이크존을 통과할 듯하다가 마지막 순간에 바깥쪽으로 휘어져 나가는 슬라이더의 각은 예리했다.

그렇지만 고동수는 유인구에 속지 않고 잘 참아냈다.

슈아악.

아쉬운 기색을 감추지 못하던 유성태는 6구째로 바깥쪽 직구를 던졌다. 그러나 공이 높았다.

"볼넷."

고동수가 볼넷을 얻어내서 출루하는 걸 지켜보던 이용운이 입을 뗐다.

"탈락."

그 말을 들은 박건이 물었다.

"뭐가 탈락이란 겁니까?"

"고동수 말이다. 엑스맨 리스트에서 방금 탈락했단 뜻이다."

고동수의 장점과 단점은 명확했다.

발이 빠르고 베이스러닝이 좋다는 것이 장점이었지만, 타율과 출루율이 높지 않다는 것은 단점이었다.

해설위원으로 활약할 당시, 이용운은 리드오프인 고동수의 단점에 대해서 수차례 지적을 했었다.

"발이 빠르면 뭘 합니까? 출루를 못 하면 빠른 발을 활용할 기회조차 없는데. 고동수 선수가 지금 해야 할 일은 출루율을 높이는 것인데 해답은 선구안에 있습니다. 선구안이 좋아져서 출루율만 지금보다 더 높일 수 있다면, 고동수 선수는 KBO 리그 최고의 리드오프가 될 자질이 충분해요."

'내 얘기를 들었나?'

올 시즌 고동수는 확실히 선구안이 좋아져 있었다.

아까 2볼 2스트라이크에서 유성태가 던졌던 회심의 유인구에 속지 않고 참아낸 것이 고동수의 선구안이 좋아졌다는 증거였다. 그리고 선구안이 좋아지자 출루율이 자연스레 높아졌다.

이것이 고동수가 이용운이 작성하고 있는 엑스맨 리스트에서 탈락할 수 있었던 요인.

"이제 후배 차례다."

이용운이 말하자, 박건이 당황한 표정으로 물었다.

"저도 엑스맨 리스트에 오를 수 있는 겁니까?"

이용운이 대답했다.

"후배는 청우 로열스 소속 선수 아냐?"

*　　　　*　　　　*

박건은 좀처럼 타석으로 들어서지 않았다.

더그아웃과 3루 코치를 번갈아 살피고 있었다.

"뭐 해?"

답답함을 느낀 이용운이 묻자, 박건이 대답했다.

"제가 엑스맨 리스트에 오를 수도 있다고 생각하니까 갑자기 부담이 되네요."

"그거랑 더그아웃 쪽을 보는 거랑 무슨 상관이 있어?"

"작전이 걸릴 수도 있지 않습니까?"

"작전?"

"좋은 2번 타자의 요건 중의 하나가 작전 수행 능력 아닙니까? 엑스맨 리스트에 오르지 않으려면 작전 수행을 잘해야죠."

"어디서 주워들은 건 있구나."

이용운이 픽 웃으며 덧붙였다.

"작전은 없다."

"왜 그렇게 확신하시는 겁니까?"

"청우 로열스의 특수성 때문이지."

"특수성…요?"

"작전을 펼쳐서 득점권에 주자를 보내봐야 어차피 점수를 못 뽑는다. 한창기 감독도 이젠 이 사실을 알고 있거든."

"……?"

"중심타선에 엑스맨이 포진해 있으니까."

만약 박건에게 보내기 번트를 지시하거나 히트 앤드 런 작전을 지시해서 1루 주자인 고동수를 2루로 보내는 데 성공한다 하더라도 청우 로열스가 찬스를 살려 득점을 올릴 가능성은 낮았다.

1루가 비어 있는 상황인 만큼, 삼산 치타스 벤치는 최근 타격감이 좋은 3번 타자 양훈정과의 승부를 피하라고 지시할 터.

1사 1, 2루 상황이 되면 4번 타자인 앤서니 쉴즈가 타석에 들어선다. 그리고 앤서니 쉴즈가 병살타를 때려서 득점 찬스를 무산시키는 것이 청우 로열스가 최근 경기에서 패하는 공식 가운데 하나였다.

한창기 감독 역시 이런 공식에 대해 이미 알고 있을 터.

타격감이 좋은 박건에게 작전을 지시하는 대신 믿고 맡기는 것이 득점 확률을 더 높이는 것이라고 판단할 것이었다.

"진짜 없네요."

벤치의 작전 지시가 없다는 것을 재차 확인한 박건이 마침내 타석으로 들어섰다.

"초구는… 싱커가 들어올 거다."

이용운이 구종을 예측한 순간, 유성태의 손에서 공이 떠났다.

슈악.

'싱커!'

자신의 구종 예측이 적중했음을 확인한 이용운이 속으로 쾌재를 불렀다. 그러나 그도 잠시, 이용운이 미간을 찌푸렸다.

박건의 스윙이 마음에 들지 않았기 때문이었다.

딱.

박건이 때린 빗맞은 타구는 1루 측 라인 선상을 벗어나는 파울이 됐다. 그것을 확인한 이용운이 언성을 높였다.

"지금 뭐 하는 거야?"

"제가 뭘요?"

"왜 그런 식으로 스윙하는 거야?"

"진루타를 만들어내려고요. 그런데 뜻대로 안 되네요."

박건에게서 대답이 돌아온 순간, 이용운이 눈살을 찌푸렸다.

"진루타?"

"팀배팅을 해야죠. 그게 2번 타자의 역할 아닙니까?"

그 말을 들은 이용운이 소리쳤다.

"지랄한다."

'내가 뭘 잘못했다고 이러는 거야?'

박건이 억울한 표정을 지었다.

테이블세터인 2번 타자에게 요구되는 것은 크게 세 가지.

출루와 작전 수행 능력, 그리고 팀배팅이었다.

그래서 박건은 유성태가 던진 싱커를 억지로 밀어 쳐서 1, 2루간으로 보내기 위해서 노력했다.

진루타를 만들어내기 위해서였다.

그런데 이용운은 맹비난을 쏟아냈다.

그러니 어찌 억울하지 않을 수 있을까.

박건이 두 뺨을 부풀리고 있을 때, 이용운이 다시 말했다.

"요새는 세상이 변했다."

"무슨 뜻입니까?"

"야구 트렌드가 변했단 뜻이다. 기존에 공식이나 정답이라 여겨졌던 것들이 더 이상 공식이나 정답이 아니게 됐다는 뜻이다."

"……?"

"작전 수행 능력이 좋거나 팀배팅을 잘하는 게 2번 타자에게 요구되는 능력이다? 이건 옛날 야구에서나 통하는 공식이다. 요즘은 변했지."

"어떻게 변했다는 겁니까?"

"요즘 대세는 강한 2번 타자다."

"강한 2번 타자요?"

"출루율이 높고 발이 빠른 1번 타자, 작전 수행 능력이 뛰어난 2번 타자, 타점 생산 능력이 뛰어난 3번 타자, 장타력이 있고 라인업에 포진된 야수들 가운데 가장 타격 능력이 뛰어난 4번 타자. 이게 전통적인 타순이라고 할 수 있지. 그런데 세이버메트릭스가 본격적으로 자리를 잡으면서 2번 타자의 역할이 서서히 변하기 시작했다."

"어떻게요?"

"작전 수행 능력이 뛰어난 선수보다 타석에서 생산성이 높은 선수를 2번 타순에 배치하는 편이 득점 생산력이 더 높다는 이론이 실전에 반영되기 시작한 거지. 그리고 더스틴 페드로이어나 마이크 트라웃 등의 선수들이 실전에서 강한 2번 타자 이론이 옳다는 것을 증명하면서 야구 트렌드가 바뀌었다. 그래서 요즘은 높은 타율과 파워를 갖춘 데다가 주루플레이도 능한 호타준족형 타자를 2번 타순에 배치해서 작전을 펼치는 대신 타격으로 루상의 1번 타자를 불러들이는 경향이 점점 자리를 잡고 있다."

이용운의 설명은 무척 친절했다.

덕분에 제대로 이해한 박건이 고개를 끄덕였을 때였다.

“그런데 진루타를 만들어내겠다고 억지로 타구를 맞히는 데 급급해? 후배는 아직 젊은데 왜 이렇게 구시대적이냐?”

“몰랐습니다.”

“이제 알았으니 잘해.”

이용운이 협박했다.

“계속 이런 식이면 엑스맨 리스트에 후배의 이름도 올라간다.”

* * *

1볼 2스트라이크.

‘싱커.’

박건은 유성태가 4구째로 싱커를 던질 거라고 판단했다.

유성태가 내야땅볼을 유도해서 더블플레이를 만들고 싶어 할 거라고 짐작했기 때문이었다.

“몸쪽 싱커가 들어올 거다.”

이용운의 구종 예측도 박건의 예상과 같았다.

그때, 유성태의 손에서 공이 떠났다.

슈악.

예상대로 몸쪽 싱커가 들어온 순간, 박건이 싱커의 궤적을 예측하며 어퍼스윙을 가져갔다.

따악.

높이 솟구친 타구가 좌익수 방면으로 날아갔다.

타구의 비거리가 길다는 것을 확인한 삼산 치타스의 좌익수는 타구를 끝까지 쫓는 대신 펜스플레이에 대비했다.

타다닷.

1루 주자인 고동수가 일찌감치 스타트를 끊었다.

탁.

박건의 타구가 원바운드로 펜스를 때린 순간. 고동수는 이미 3루 베이스 근처에 도착해 있었다.

고동수가 빠른 발을 자랑하며 홈으로 파고들었고, 박건도 여유 있게 2루에 안착했다.

1타점 2루타.

그제야 박건이 만족한 표정으로 물었다.

"엑스맨 리스트에서 탈락했습니까?"

이용운이 대답했다.

"축하한다. 엑스맨 리스트에서 탈락한 것을."

* * *

따악.

경쾌한 타격음이 흘러나왔다.

투수의 곁을 빠르게 스치고 지나간 땅볼 타구는 중전안타로 연결됐다.

'뛰어'라는 말을 하려던 이용운이 입을 다물었다.

집중력을 발휘하면서 타구 판단을 일찌감치 마친 박건이 진즉에 스타트를 끊은 것을 확인했기 때문이었다.

"돌아. 돌아."

청우 로열스 3루 주루코치가 풍차처럼 팔을 돌리고 있는 것을 발견한 이용운이 '홈까지 파고들어'라는 말을 또 한 번 삼켰다.

달리던 속도를 늦추지 않고 3루 베이스를 그대로 통과한 박건이 거침없이 홈으로 쇄도했기 때문이었다.

쐐애액.

박건이 헤드퍼스트슬라이딩을 감행했지만, 태그플레이는 이뤄지지 않았다.

중견수의 송구 방향이 빗나간 탓에 홈승부를 포기한 포수는 타자주자인 양훈정을 2루에서 잡아내기 위해서 송구했다.

"세이프."

그러나 포수의 송구가 높았던 탓에 양훈정도 2루에서 세이프 선언을 받았다.

2—0.

청우 로열스가 손쉽게 두 점을 선취한 순간, 이용운이 씩 웃었다.

'강한 2번 타자.'

청우 로열스로 이적한 박건이 호타준족으로 눈도장을 찍으며 확실히 자리를 잡았다는 생각이 들었기 때문이었다.

'장점을 간파하기 시작했어.'

아까 양훈정이 때린 중전안타는 짧았다.

홈승부의 결과를 장담하기 힘든 상황이었지만, 청우 로열스의 3루 주루코치는 망설이지 않고 박건에게 홈승부를 하라고 지시했다.

발이 빠르다는 박건의 장점을 코칭스태프들도 확실히 인지했다는 증거였다.

'양훈정도 탈락이군.'

청우 로열스에 암약하고 있는 엑스맨 리스트를 작성하고 있던 이용운은 양훈정도 탈락시켰다.

양훈정의 타점 생산 능력은 리그에서 손꼽힐 정도로 뛰어났기 때문이었다.

'박건이 2번 타순에서 생산성을 발휘하면서 양훈정의 타점 생산 능력이 제대로 빛을 발하기 시작했어.'

청우 로열스의 1번 타순에서 3번 타순까지.

KBO 리그에 속한 어느 팀과 비교하더라도 전혀 손색이 없을 정도로 확실한 생산성을 발휘하고 있었다.

그러나 이용운의 입가에 떠올랐던 미소는 곧 사라졌다.

4번 타자 앤서니 쉴즈가 타석에 들어서는 것을 확인했기 때문이었다. 그리고 앤서니 쉴즈는 이용운의 기대를 저버리지 않았다.

딱!

유성태의 초구를 공략한 앤서니 쉴즈의 뜬공 타구는 내야를 벗어나지 못했다.

'무조건 합격.'

앤서니 쉴즈의 이름을 엑스맨 리스트에 처음으로 올린 순간, 타석에 5번 타자 백선형이 들어섰다.

"볼넷."

1루가 비어 있기 때문일까.

유성태는 백선형과의 대결을 피했다.

볼넷을 얻어내서 1루로 걸어가는 백선형을 바라보던 이용운이 머리를 긁적였다.

'애매하네. 일단 보류.'

백선형에 대한 판단을 일단 보류한 이용운의 눈에 6번 타자 이필교가 타석에 들어서는 것이 보였다.

따악.

이필교가 유성태의 3구째 실투를 놓치지 않고 받아쳐서 외야 펜스를 살짝 넘기는 스리런홈런을 터뜨렸다.

그 모습을 확인한 이용운이 입을 뗐다.

"탈락."

*　　　*　　　*

"팟 캐스트 방송 '독한 야구'는 선수, 감독, 심지어 팬들까지 모두 독하게 까는 해설 방송입니다. 심장이 약한 분들과 임산부와 노약자는 가능한 청취를 금해주시기 바라며, 하루에 딱 한 경기만 집중해서 해부하는 '독한 야구', 지금부터 시작하겠습니다. 아시다시피 청우 로열스는 삼산 치타스와의 3연전 2차전에서 승리를 거뒀습니다. 1회 초에만 5점을 올리며 최종 스코어 7–1로 오래간만에 여유 있게 승리했습니다. 솔직히 말씀드리면 이런 승부는 재미가 없습니다. 경기가 재미없으니 분석도 덩달아 재미가 없죠. 그래서 오늘은 특별히 여러분들께 경기보다 훨씬 더 재밌었던 승부에 대해서 알려 드리려고 합니다. 바로 청우 로열스 팀 내에서……."

이용운의 말을 옮기던 박건이 도중에 멈췄다.

"왜 멈춰?"

"이러면 안 되는 것 아닙니까?"

"뭐가 안 된다는 거야?"

"저와 앤서니 쉴즈가 내기를 했던 것은 청우 로열스 내부인이 아니면 모릅니다."

"그런데?"

"이 내기에 대해서 '독한 야구' 방송에서 알리게 되면 제 정체가 들통날 가능성이 있지 않을까요?"

"신경 쓸 것 없어."

"왜 신경 쓸 필요가 없다는 겁니까?"

"못 찾아. 아니, 안 찾을 거야."

"……?"

"분명히 내 말대로 될 테니까 걱정하지 말고 녹음이나 계속해."

이용운의 재촉을 받은 박건이 마지못한 표정으로 말을 이었다.

"바로 청우 로열스 팀 내에서 이뤄졌던 흥미로운 내기 승부입니다. 어떤 내기였느냐? 내기 방식은 간단했습니다. 현재 청우 로열스 주전 좌익수로 활약하고 있는 박건 선수가 마운드에서 공을 던지고 앤서니 쉴즈가 타석에 들어섰습니다. 앤서니 쉴즈를 상대로 아웃카운트 하나를 잡아내면 박건의 승리, 그 전에 박건을 상대로 홈런을 빼앗아내면 앤서니 쉴즈의 승리였습니다. 자, 내기의 결과는 어땠을까요? 앤서니 쉴즈가 내기에서 승리했을 것이다. 이렇게 판단하신 분들이 당연히 많겠죠? 틀렸습니다. 이런 예상을 하셨던 분들은 앤서니 쉴즈를 너무 과대평가한 겁니다. 내기의 승자는 박건 선수였습니다. 더 충격적인 사실은 박건 선수가 공 세 개만 던지며 루킹삼진으로 앤서니 쉴즈를 돌려세웠다는 겁니다. 물론 박건 선수는 투수 출신입니다. 예전 장원 고등학교 선수 시절 팀의 에이스였죠. 그러나 말 그대로 호랑이 담배 피우던 시절 이야기입니다."

'모르는 사람이 들으면 내 나이가 엄청 많은 줄 알겠네.'

이용운이 자꾸 호랑이 담배 피우던 시절이라고 강조하는 것으로 인해 박건의 빈정이 슬쩍 상했다.

그래서 박건이 미간을 찌푸린 채 계속 말했다.

"이 내기에서 패배한 충격 때문일까요? 앤서니 쉴즈는 지난 경기에서도 4타수 무안타를 기록했습니다. 아, 제가 잘못 말씀드렸네요. 사과드리겠습니다. 앤서니 쉴즈의 부진은 내기 패배의 충격이 아닙니다. 원래 꾸준히 못했으니까요."

'다행이다.'

박건이 속으로 다행이라고 생각한 이유.

앤서니 쉴즈가 한국어를 몰랐기 때문이었다.

만약 앤서니 쉴즈가 한국어를 이해하는 상황에서 '독한 야구'를 들었다면?

무척 분노하고 상심했을 거란 생각이 들었다.

"어쨌든 놀라운 결과 아닙니까? 현재 외야수로 뛰고 있는 박건 선수에게 삼구삼진을 당한 외국인 타자. 그런데 더 놀라운 것은, 아니, 놀라움을 넘어 공포스럽게까지 느껴지는 점은 앤서니 쉴즈가 청우 로열스의 4번 타자라는 점입니다. 이건 한창기 감독에게 문제가 있습니다. 잘하든 못하든 꾸준히 4번 타자에

기용하니까 앤서니 쉴즈가 전혀 위기감을 느끼지 못하는 겁니다. 지금은 한창기 감독이 앤서니 쉴즈의 타순을 바꾸는 과감한 결단을 내릴 때입니다."

'결국 한창기 감독님까지 깠네.'

박건이 속으로 혀를 내둘렀다.

"자, 다음 이야기입니다. 제가 청우 로열스 팀에서 암약하고 있는 엑스맨 리스트를 공개하겠다고 약속드렸죠? 원래는 지난 방송에서 공개할 생각이었는데 방송 시간이 모자라서 조금 미뤄졌습니다. 그럼 약속대로 엑스맨 리스트를 공개하겠습니다. 궁금하시죠? 두구두구, 지금 공개하겠습니다. 그 엑스맨들은 바로… 앤서니 쉴즈와 백선형입니다."

'백선형이 엑스맨이라고?'

박건이 깜짝 놀랐다.

앤서니 쉴즈가 엑스맨 리스트에 이름을 올린 것은 이해가 갔다.

그렇지만 백선형의 이름이 흘러나온 것은 의외였기 때문이었다.

'왜?'

박건이 의문을 품은 채 녹음을 이어나갔다.

"이 시점에서 여러분들은 의문을 품으셨을 겁니다. 청우 로열스에서 암약하고 있는 엑스맨이 겨우 두 명뿐이냐? 이런 의문 말입니다. 물론 이 두 명이 다가 아닙니다. 엑스맨이 고작 두 명뿐이라면 청우 로열스가 현재 순위표 가장 아래쪽에 자리하고 있지 않겠죠. 당연히 엑스맨들이 더 있습니다. 그 명단은 차차 업데이트하도록 하겠습니다. 나머지 엑스맨들의 정체가 궁금하신 분들은 앞으로도 계속 '독한 야구'를 청취해 주십시오. 오늘 방송은 여기까지입니다. 그럼 다음 시간에 또 뵙겠습니다."

'독한 야구' 녹음을 마치자마자, 박건이 물었다.

"왜 백선형 선배가 엑스맨입니까?"

"궁금해?"

"궁금하다기보다는 이해가 안 갑니다."

"엑스맨이 아닌 것 같다는 뜻이지?"

"네."

박건이 대답한 순간, 이용운이 덧붙였다.

"애매한 엑스맨이야."

* * *

〈청우 로열스 선발 라인업〉

1. 고동수
2. 박건
3. 양훈정
4. 백선형
5. 이필교
6. 구창명
7. 앤서니 쉴즈
8. 임건우

9. 김천수

Pitcher. 라이언 벤슨

청우 로열스와 삼산 치타스와의 3연전 마지막 경기를 앞두고 한창기 감독이 선발 라인업을 발표했다.

선발 라인업을 확인한 박건이 두 눈을 빛냈다.

지난 경기와 비교해 타순에 큰 변화가 있었기 때문이었다.

"앤서니 쉴즈가 7번 타순에 포진됐다?"

올 시즌 앤서니 쉴즈의 타율은 0.235, 홈런은 8개를 기록하고 있었다.

앤서니 쉴즈를 영입할 때 팬들과 코칭스태프가 품었던 기대에는 한참 미치지 못하는 성적.

그럼에도 불구하고, 한창기 감독은 그를 꾸준히 4번 타순에 포진시켰다.

KBO 리그에 적응을 마치고 나면, 앤서니 쉴즈가 부진에서 탈출할 거라는 믿음을 가지고 있었기 때문이었다.

"감독님의 인내심이 바닥났나 보네요."

어느덧 시즌은 중반으로 접어들고 있었다.

그럼에도 불구하고 앤서니 쉴즈는 여전히 부진한 모습이었다. 그래서 앤서니 쉴즈에 대한 한창기 감독의 인내심이 바닥난 거라고 박건이 판단한 순간이었다.

"아무래도 한창기 감독 역시 '독한 야구'를 듣는 것 같다."

이용운이 불쑥 말했다.

"왜 그렇게 판단하신 겁니까?"

"내가 지난 방송에서 앤서니 쉴즈의 타순을 조정할 필요가 있다는 얘기를 한 걸 듣고 타순을 조정한 것 같다."

이용운의 목소리는 확신에 차 있었다.

그러나 박건은 고개를 흔들며 입을 뗐다.

"그건 아닌 것 같은데요."

"왜 아니라고 생각하지?"

"인기가 없으니까요."

"……?"

"'독한 야구' 말입니다. 별로 인기가 없지 않습니까?"

박건의 말처럼 '독한 야구'는 별로 인기가 없었다.

현재 고정 청취자 수는 300명 수준.

초반에 비해 청취자 수가 조금 늘긴 했지만, 인기 팟 캐스트와는 거리가 멀었다.

그 사실을 인정하기 싫은 걸까.

이용운이 반박했다.

"그럼 한창기 감독이 갑자기 앤서니 쉴즈의 타순을 조정한 건 어떻게 설명할 거냐?"

"그야 봤으니까요."

"뭘 봤단 거냐?"

"한창기 감독님도 저와 앤서니 쉴즈의 내기를 지켜보지 않았습니까? 그 내기를 지켜보았고, 어제 경기에서 앤서니 쉴즈가 4타수 무안타를 기록하며 여전히 부진한 모습을 보이자 감독님의 인내심이 바닥났을 가능성이 높습니다."

박건이 설명을 마쳤음에도 이용운은 고집을 꺾지 않았다.

"왜 하필 오늘일까?"

"그건……."

"하필 오늘 앤서니 쉴즈의 타순을 조정한 것을 단순한 우연이라고 판단하기에는 어렵다. 어떤 계기가 있었을 거고, 그게 '독한 야구'일 가능성이 높다."

그 주장을 들은 박건이 다시 고개를 흔들었다.

"한창기 감독님은 '독한 야구'를 안 듣는다니까요."

"그걸 후배가 어떻게 확신하느냐?"

"앤서니 쉴즈 대신 4번 타순에 포진된 것이 백선형 선배이니까요."

"……?"

"'독한 야구'를 들었다면 엑스맨 리스트에 이름을 올린 백선형 선배를 4번 타순에 배치했겠습니까?"

*　　　*　　　*

"내가 틀렸다."

이용운은 더 고집을 피우지 않았다.

깔끔하게 본인이 틀렸다고 인정했다.

'이런 점은 배워야 해.'

박건이 새삼스러운 표정을 지었다.

자신의 주장이 틀렸다고 인정하는 것.

쉬운 일이 아니었다.

더구나 논쟁의 상대가 나이가 훨씬 어린 아랫사람이라면 더욱 그랬다.

연륜을 앞세워 자신의 주장을 더 강하게 밀어붙이는 경우가 많았는데, 이용운은 그렇게 하지 않았다.

'꼰대와는 거리가 멀어.'

박건이 속으로 생각했을 때, 이용운이 화제를 돌렸다.

"이유야 어쨌든 앤서니 쉴즈의 타순을 내린 한창기 감독의 선택은 잘한 결정이다. 앤서니 쉴즈도 위기감을 느낄 테니까."

기존에 본인이 뛰었던 트리플 A 리그에 비해서 수준이 낮다.

이렇게 판단하고 우습게 여겼던 KBO 리그에 진출했음에도 불구하고 앤서니 쉴즈는 부진했다.

그런 상황에서 4번 타순에서마저 밀려났으니 위기감을 느끼지 못하면 오히려 이상한 일이었다.

"그럼 이제 달라질 수도 있겠네요."

박건이 두 눈을 빛내며 물은 순간, 이용운이 물었다.

"어느 쪽을 말하는 것이냐?"

"네?"

"앤서니 쉴즈를 말한 것이냐? 아니면, 청우 로열스를 말한 것이냐?"

"앤서니 쉴즈가 바뀌면, 자연스레 청우 로열스도 바뀌지 않겠습니까?"

박건이 대답하자, 이용운이 단호하게 고개를 흔들었다.

"앤서니 쉴즈는 바뀌지 않는다. 그렇게 쉽게 바뀔 것이었다면, 이미 진즉에 바뀌었겠지. 또, 내가 걱정도 안 했겠지."

그 이야기를 들은 박건이 고개를 갸웃했다.

"이 정도로 충격요법을 사용했는데도 바뀌지 않을 거라고요?"

"그래. 안 바뀐다."

"하지만……."

"사람은 그렇게 쉽게 바뀌는 동물이 아니다."

'정말 그럴까?'

속으로 생각하면서 박건이 다시 물었다.

"그래도 청우 로열스는 바뀌지 않겠습니까?"

"왜 바뀔 거라 생각하지?"

"타순이 바뀌었으니까요. 앤서니 쉴즈 대신 백선형 선배가 4번 타자로 출전하지 않습니까?"

그동안 꾸준히 4번 타순에 포진했던 앤서니 쉴즈는 해결사로서의 면모를 보여주지 못했다. 그로 인해 청우 로열스 타선은 득점력이 떨어졌었다.

그렇지만 앤서니 쉴즈 대신 백선형이 4번 타순에 들어서니 조금은 달라질 거라고 박건은 판단한 것이었다.

"별로 달라질 게 없을걸."

그렇지만 이용운의 생각은 달랐다.

"왜 달라지지 않는다는 겁니까?"

박건의 질문을 받은 이용운이 대답했다.

"도긴개긴이거든."

"……?"

"내가 괜히 백선형을 엑스맨으로 지목한 게 아니다."

* * *

1회 초 청우 로열스의 공격.

1번 타자 고동수는 삼산 치타스의 에이스인 외국인 투수 조던 사익스를 상대로 끈질긴 승부를 펼쳤다.

슈악.

풀카운트 승부 끝에 조던 사익스가 던진 7구째 구종은 포크볼.

부웅.

고동수가 휘두른 배트는 홈플레이트 앞에서 뚝 떨어지는 포크볼을 커트해 내는 데 실패했다.

"스트라이크아웃."

삼진을 당한 후 고동수가 아쉬운 기색으로 더그아웃으로 걸어갈 때, 이용운이 말했다.

"오늘 관건은 저 포크볼이 되겠군. 조던 사익스가 승부처마다 던질 포크볼을 공략할 수 있느냐에 따라서 경기 양상이 달라질 거야. 그런데 내가 보기에는 공략하기 쉽지 않을 것 같군."

그 이야기를 들은 박건이 고개를 끄덕였다.

대기타석에서 지켜보았던 조던 사익스의 결정구인 포크볼.

홈플레이트 근처에서 꺾이는 각이 워낙 예리했기 때문에 공략하기 쉽지 않을 것처럼 느껴졌기 때문이었다.

'내가 공략할 수 있을까?'

그로 인해 박건의 고심이 깊어졌을 때였다.

"공략 못 해."

이용운이 딱 잘라 말했다.

'그럼 그냥 죽으란 소리야?'

박건이 못마땅한 표정을 지었을 때였다.

"조던 사익스가 던지는 포크볼을 공략하지는 못한다. 그렇지만 조던 사익스는 공략할 수 있다."

이용운이 덧붙였다.

'이건 또 무슨 궤변이야?'

박건이 고개를 갸웃했을 때, 이용운이 설명했다.

"쉽게 말해서 포크볼을 던질 기회를 안 주면 된다."

"……?"

"결정구를 던지기 전에 빨리 공략하란 뜻이다."

박건이 비로소 말뜻을 이해한 순간이었다.

"초구로 슬라이더 혹은 커브가 들어올 확률이 높다. 노려라."

반반의 확률.

어느 구종을 노릴까에 대해 박건이 고민할 때, 조던 사익스가 와인드업을 했다.

슈악.

'슬라이더?'

딱.

박건이 휘두른 배트 끝부분에 걸린 타구가 살짝 떠올랐다.

1루수가 뒷걸음질을 쳤지만, 타구를 잡아내기에는 역부족이었다. 그리고 우익수가 잡아내는 것도 불가능했다.

툭. 툭.

1루 측 라인 선상 안쪽에 떨어진 스핀이 걸린 타구를 우익수가 잡아낸 순간, 일찌감치 1루 베이스를 통과한 박건이 2루로 내달렸다.

2루까지 달릴 것은 예상치 못했기 때문일까.

우익수는 송구를 너무 서둘렀다. 그리고 결과적으로는 그게 박건을 도왔다.

송구가 높게 들어온 덕분에 박건은 2루에서 비교적 여유 있게 세이프 선언을 받아낼 수 있었으니까.

비록 정타는 아니었지만, 빠른 발과 과감한 판단으로 2루타를 만들어낸 박건이 환하게 웃었을 때였다.

"무모한 플레이였다."

이용운이 못마땅한 목소리로 지적했다.

"2루에서 세이프가 된 것은 운이 따랐기 때문이었다. 그리고 운은 계속 따르는 법이 아니다."

따끔한 지적이 이어진 순간, 박건이 항변했다.

"운이 아닙니다. 분석이 통한 겁니다."

"무슨 분석이 통했다는 거야?"

"삼산 치타스의 우익스인 차민용은 공격력은 뛰어난 편이지만, 수비력은 뛰어난 편이 아닙니다. 발이 느린 편이고, 타구 판단도 미숙한 편입니다. 그래서 송구를 서두르다 보면 실수가 나올 거라고 판단했기 때문에 2루까지 노렸던 겁니다."

"후배는 아는 게 대체 뭐냐?"

이용운이 입버릇처럼 하는 말이었다.

대수롭지 않은 표정을 하고선 한 귀로 듣고 한 귀로 흘리는 것처럼 대처했지만, 실상 박건은 이런 이야기를 들을 때마다 꽤 스트레스를 받았다.

그래서 상대 팀인 삼산 치타스에 대해서 나름 분석했고, 그 분석에 의거해서 무모하다 느껴질 정도로 과감한 주루플레이를 펼쳤던 것이었다.

"왜… 아무 말도 없으신 겁니까?"

이용운이 조용하다는 것을 뒤늦게 알아챈 박건이 물었다.

"내가 잘못 생각했다."

잠시 후, 이용운이 덧붙였다.

"아주 바보는 아니었구나."

그냥 '잘했다'라고 말해줘도 충분할 것을.

이용운이 퉁명스레 꺼낸 말을 들은 박건이 고개를 절레절레 흔들 때, 3번 타자 양훈정이 타석에 들어섰다.

최근 타격감이 좋은 양훈정과의 승부가 부담스러워서일까.

조던 사익스는 코너워크에 철저히 신경 쓰며 승부 했다. 그렇지만 양훈정은 좋은 선구안으로 볼을 골라냈다.

"볼넷."

결국 양훈정이 볼넷을 얻어내며 1사, 1, 2루로 상황이 바뀐 순간, 청우 로열스의 새로운 4번 타자인 백선형이 타석에 들어섰다.

제5장

슈악.

조던 사익스가 3구째로 던진 공은 포크볼이었다.

부웅.

백선형이 휘두른 배트는 허공을 갈랐다.

1볼 2스트라이크.

투수에게 유리한 볼카운트가 된 순간, 조던 사익스가 투구 템포를 빠르게 가져갔다.

슈아악.

'포크볼이 아니라… 직구?'

조던 사익스가 재차 포크볼을 던질 거란 박건의 예측은 빗나갔다. 그리고 백선형도 박건과 마찬가지였다.

포크볼에 대비하고 있던 백선형은 예상치 못했던 직구가 들어오자, 공을 배트에 맞히기 급급했다.

딱.

유격수 방면으로 굴러가는 땅볼 타구.

유격수가 빠르게 타구를 처리하며 6—4—3으로 이어지는 병살플레이가 만들어졌다.

1사 1, 2루의 득점 찬스가 허무하게 무산됐다.

박건이 한숨을 내쉬며 더그아웃으로 돌아가는 백선형을 바라볼 때, 이용운이 말했다.

"이제 내가 왜 백선형의 이름을 엑스맨 리스트에 올렸는지 알겠지?"

박건이 입을 뗐다.

"선배님 말씀대로네요."

"응?"

"도긴개긴이 맞네요."

*　　*　　*

0—0.

0의 행진이 이어지는 가운데 4회 말 삼산 치타스의 공격이 시작됐다.

4번 타자 앤드류 크레익부터 시작되는 4회 말 타순.

첫 타석에서 내야플라이로 무기력하게 물러났던 앤드류 크레익은 두 번째 타석에서는 달랐다.

슈악.

따악.

라이언 벤슨의 커브를 걷어 올려 펜스를 직격하는 2루타를 만들어냈다.

무사 2루 상황에서 타석에 들어선 것은 5번 타자 이천식.

1루가 비어 있는 상황인 터라 라이언 벤슨은 코너워크에 신경 쓰며 이천식과 신중하게 승부 했다.

2볼 2스트라이크 상황에서 라이언 벤슨이 선택한 공은 몸쪽 슬라이더.

그러나 너무 깊었다.

슈악.

퍽.

허벅지에 공을 맞은 이천식이 배트를 내던지고 마운드 쪽으로 달려갔다.

포수인 김천수가 빠르게 달려 나와 이천식을 막아선 덕분에 물리적 충돌은 발생하지 않았지만, 벤치클리어링이 발발하는 것까지는 막을 수 없었다.

우르르.

양 팀 선수들이 일제히 그라운드로 몰려나왔다.

"치열하네."

그때, 이용운이 말했다.

"뭐가 치열하단 말씀이십니까?"

박건이 묻자, 이용운이 대답했다.

"꼴찌 싸움. 오늘 승부 결과에 따라서 순위가 바뀔 수도 있기 때문에 삼산 치타스 선수들의 신경이 바싹 곤두서 있어."

현재 삼산 치타스는 9위, 청우 로열스는 10위였다.

양 팀의 경기 차는 반 경기.

이용운의 말처럼 오늘 경기 결과에 따라 양 팀의 순위가 바뀔 수 있었다.

"이천식, 잘하네."

잠시 후, 이용운이 불쑥 꺼낸 말을 듣고서 박건이 의아한 표정을 지었다.

"좀 오버 아닌가요?"

"왜 오버라고 생각한 거지?"

"사구를 맞긴 했지만, 허벅지 쪽이었습니다. 직구도 아니었고요. 저렇게 흥분할 정도는 아닌 것 같은데요."

"별로 안 아팠을 거야."

"제 생각에도 별로……."

"의도적으로 도발한 거야."

"……?"

"라이언 벤슨의 좋은 흐름을 끊어놓기 위해서."

3이닝 무실점을 기록하고 있는 라이언 벤슨의 현재까지 투구는 나쁘지 않은 편이었다.

그 좋은 흐름을 깨기 위해서 이천식이 의도적으로 흥분하면서 벤치클리어링을 유발했다는 것이 이용운의 주장이었다.

'어쩌면 그럴 수도 있겠네.'

박건이 수긍했을 때였다.

"뭐 해?"

이용운이 물었다.

"선배님과 대화를 나누고 있었죠."

박건이 대답하자, 이용운이 언성을 높였다.

"지금 그럴 때가 아니다. 빨리 합류해."

"벤치클리어링에요?"

"그래. 남의 집 불구경하듯 멀뚱히 서 있으면 안 돼. 이럴 때 적극적으로 나서야만 동료들과 팀워크가 끈끈해지는 거거든."

이용운이 재촉했다.

틀린 말은 아니었다. 그렇지만 박건은 의심을 거두지 못하고 말했다.

"제사보다 젯밥에 더 관심이 많으신 것 아닙니까?"

"무슨 소리야?"

박건이 대답했다.

"싸움 구경이 하고 싶으신 거죠?"

* * *

벤치클리어링이 정리되면서 경기는 재개됐다.

무사 1, 2루 상황에서 타석에 들어선 것은 6번 타자 차민용이었다.

'어떻게 될까?'

박건이 라이언 벤슨과 차민용의 대결을 흥미를 갖고 지켜보았다.

벤치클리어링이 발발하면서 경기는 약 십여 분가량 중단됐다. 그리고 아까 이용운은 이천식이 과하다 싶을 정도로 흥분하면서 벤치클리어링을 일으킨 것이 청우 로열스의 선발투수인 라이언 벤슨의 좋은 흐름을 깨기 위함이라고 말했었다.

'과연 그 의도가 통했을까?'

박건이 흥미로운 시선을 던지고 있을 때였다.

딱.

차민용이 라이언 벤슨의 4구째 슬라이더를 받아쳤다. 배트 중심에 걸린 타구였지만, 타구의 코스가 좋지 않았다.

유격수인 구창명의 앞으로 빠르게 굴러가는 내야땅볼.

'더블플레이.'

박건이 더블플레이를 예상한 순간이었다.

툭. 데구르르.

구창명이 한 번에 포구에 실패했다.

구창명의 손목 부근을 맞고 튕긴 타구가 바닥을 굴러갔다.

구창명이 재빨리 다시 낚아채서 1루로 송구했지만, 너무 늦었다.

"세이프."

1루심이 세이프를 선언하면서 무사만루로 상황이 바뀌었다.

2사 3루가 됐어야 할 상황이 무사만루로 바뀐 셈이었다.

"성공했네."

그때 이용운이 말했다.

"뭐가 성공했단 말씀입니까?"

"이천식의 작전 말이다. 벤치클리어링이 발발하면서 경기가 지연됐고, 그로 인해 구창명의 집중력이 흐트러졌다. 그게 실책이 나온 이유지."

박건이 고개를 끄덕인 순간, 이용운이 덧붙였다.

"덕분에 새 엑스맨 후보를 찾았군."

*　　　　*　　　　*

0—3.

라이언 벤슨은 무사만루 위기를 넘기지 못했다.

7번 타자 조연성은 삼진으로 돌려세웠지만, 8번 타자인 장윤호에게 주자 일소 2루타를 허용하고 말았다.

석 점 차로 끌려가는 상황에서 청우 로열스의 5회 초 공격이 시작됐다.

선두타자는 7번 타자로 출전한 앤서니 쉴즈.

"스트라이크아웃."

첫 타석에서 내야땅볼로 물러났던 앤서니 쉴즈는 두 번째 타석에서도 삼진으로 물러났다.

"아직 정신 차리려면 멀었네."

앤서니 쉴즈의 영웅 스윙을 감상하던 이용운이 혀를 끌끌 차며 말했다.

따악.

그렇지만 8번 타자로 출전한 임건우가 깔끔한 중전안타를 뽑아낸 순간, 이용운의 반응은 달라졌다.

"이제 임건우 걱정은 안 해도 되겠군."

무사 1루 상황에서 타석에 들어선 김천수는 철저하게 팀배팅을 했다.

따악.

1, 2루 간으로 의도적으로 밀어 때린 타구는 코스가 좋았다.

1, 2루 간을 꿰뚫으면서 우전안타로 연결됐다.

1사 1, 2루 상황에서 타석에 들어선 고동수는 조던 사익스와 끈질긴 승부를 펼쳤다.

첫 타석에 이어 세 번째 타석에서도 풀카운트 승부를 펼쳤다.

그리고 6구째.

슈악.

조던 사익스는 결정구로 포크볼을 구사했다.

첫 타석에서 포크볼에 헛스윙을 하며 삼진을 당했던 고동수는 똑같은 실수를 또 범하지 않았다.

배트를 도중에 참아내면서 볼넷을 골라냈다.

1사 만루로 바뀐 상황에서 박건이 타석에 들어섰다.

'승부처.'

박건이 이렇게 판단한 순간, 이용운이 물었다.

"어떤 구종이 들어올 것 같으냐?"

그 질문을 들은 박건이 되물었다.

"그걸 제가 어떻게 압니까?"

*　　　*　　　*

직구, 슬라이더, 커브, 포크볼.

조던 사익스는 포 피치 유형의 투수였다. 그리고 조던 사익스는 오늘 경기에서 네 가지 구종을 고루 섞어 던지고 있었다.

직구가 40%, 슬라이더 25%, 커브 20%, 포크볼 15%.

대략적인 구종 구사 비율이었다.

가히 이상적인 비율이라고 해도 과언이 아닌 상황이었다. 그리고 조던 사익스가 이상적인 구종 구사 비율을 유지할 수 있는 요인은 네 가지 구종의 제구가 모두 잘되고 있었기 때문이었다.

상황이 이러하니 구종 예측이 적중할 확률은 1/4에 불과했다. 그래서 박건이 모르겠다고 솔직하게 대답하자, 이용운이 혀를 찼다.

"우리 생각 좀 하고 살자."

"그럼 선배님은 알고 계십니까?"

"물론 알고 있지. 초구로 커브가 들어올 거다."

"왜 커브가 초구로 들어온다고 예상하신 겁니까?"

"소거법을 사용했지."

'소거법?'

생소한 용어를 들은 박건이 의아한 표정을 지었을 때, 이용운이 설명을 이어나갔다.

"우선 초구로 직구가 들어올 가능성을 배제한 이유는 축적된 데이터다. 그동안 후배가 경기에서 보여줬던 모습 때문에 박건은 빠른 볼에 강하다. 이런 데이터가 쌓인 상황이거든. 실제로 두 번째 타석에서 후배에게 직구를 던지다가 조던 사익스는 큰 타구를 허용했다. 비록 펜스 앞에서 타구가 잡히기는 했지만, 조던 사익스는 그 타구를 확인하고 분명히 경각심을 느꼈을 거다. 그러니 직구를 선택할 가능성은 무척 희박하지. 다음으로 슬라이더를 배제한 이유는 첫 타석에게 후배에게 슬라이더를 던지다가 안타를 허용했기 때문이다. 그럼 남는 건 커브밖에 없지."

이용운이 설명을 마친 순간, 박건이 지적했다.

"포크볼은요?"
"안 던져."
"이유는요?"
"주자가 3루에 있으니까."
"……?"
"조금 전에 고동수를 상대로 조던 사익스가 던졌던 포크볼, 봤지?"
"봤습니다."
"뭐 느낀 것 없어?"
"딱히… 없는데요."
박건이 자신 없는 목소리로 대답한 순간, 이용운이 혀를 끌끌 찼다.
"머리만 장식품으로 달고 다니는 게 아니라 눈도 장식품으로 달고 있구나."
"오늘따라 말씀이 좀 심하신……."
"경기 초반과는 차이가 있다는 것, 못 느꼈어?"
'그랬나?'
기억을 더듬던 박건이 두 눈을 빛냈다.
이용운의 말대로였다.
경기 초반 조던 사익스가 던졌던 포크볼과, 경기가 중반으로 접어든 후 조던 사익스가 던졌던 포크볼에는 분명히 차이가 있었다.
경기 초반에 비해 경기 후반에 던지는 포크볼이 홈플레이트 앞에서 좀 더 일찍 떨어지고 있었다.

이것이 고동수가 세 번째 타석에서 첫 타석 때와 달리 포크볼에 속지 않고 볼넷을 얻어낼 수 있었던 요인.

"그로 인해 포크볼을 던질 때 폭투나 포일이 될 확률이 한층 높아졌다. 그래서 주자가 꽉 찬 상황에서 포크볼을 쉽게 던질 수 없지."

'남은 건 정말 커브뿐이구나.'

소거법이란 표현이 정확했다.

직구와 슬라이더, 그리고 포크볼까지.

하나씩 차례로 배제하고 나자, 남는 것은 커브뿐이었다.

'코스는?'

박건이 커브의 코스에 대해 의문을 품었을 때, 이용운이 속내를 읽은 것처럼 물었다.

"설마 어느 코스로 커브가 들어올지에 대해서 고민하는 건 아니지?"

"당연히… 압니다."

만약 모른다고 대답하면?

또 갖은 비난이 쏟아질 것이 뻔했다.

그래서 박건이 안다고 대답한 순간, 이용운이 말했다.

"혹시나 해서 말해주마. 바깥쪽이다."

* * *

슈악.

조던 사익스가 던진 초구를 확인한 박건이 두 눈을 빛냈다.

'바깥쪽 커브.'

장타를 의식하지 않을 수 없기에 조던 사익스가 바깥쪽 커브를 구사할 것이란 이용운의 예측은 또 한 번 적중했다.

따악.

박건이 힘들이지 않고 결대로 밀어 친 타구는 우익수 앞에 떨어졌다.

타다닷.

3루 주자인 임건우가 여유 있게 홈으로 들어왔다.

아쉬운 점은 2루 주자였던 김천수의 발이 느려서 홈으로 쇄도하지 못하고 3루에 머물렀다는 점이었다.

1–3.

마침내 청우 로열스가 추격하는 점수를 올리는 데 성공했고, 여전히 1사 만루의 찬스는 이어지고 있었다.

타석에 3번 타자 양훈정이 들어선 순간, 이용운이 말했다.

"엑스맨이 등장하기 전에 양훈정이 무조건 해결해야 한다."

*　　　　*　　　　*

4–3.

양훈정은 이용운의 바람대로 해결사 역할을 해내는 데 성공했다.

세 명의 주자를 모두 불러들이는 주자 일소 2루타를 때려냈다.

그렇지만 청우 로열스의 좋았던 흐름은 거기까지였다.

4번 타자 백선형과 5번 타자 이필교는 연속 삼진으로 물러나며 추가 득점 찬스를 살리지 못했다.

6회 말 삼산 치타스의 공격.

청우 로열스의 마운드는 여전히 라이언 벤슨이 지키고 있었다.

라이언 벤슨은 6회 말의 선두타자인 서수찬에게 외야플라이를 유도하며 첫 번째 아웃카운트를 손쉽게 잡아냈다.

그렇지만 후속 타자인 앤드류 크레익에게는 중전안타를 허용했다.

1사 1루 상황에서 타석에 들어선 것은 5번 타자 이천식.

4회 말 공격에서 라이언 벤슨은 이천식에게 사구를 던졌다.

그 사구로 인해 벤치클리어링이 촉발됐고, 결과적으로 호투하던 라이언 벤슨이 3실점을 허용하는 계기가 됐었다.

'이번엔 어떻게 될까?'

그래서 박건이 홍미로운 시선을 던지고 있을 때, 라이언 벤슨이 초구를 던졌다.

슈아악.

그의 선택은 몸쪽 직구.

그러나 높았다.

파앙!

이천식이 피하려 했지만 공이 너무 빨랐다.

머리 쪽으로 날아든 라이언 벤슨의 직구는 이천식의 헬멧을 강타했다.

풀썩.

사구의 충격으로 이천식이 그라운드에 쓰러졌다.

우우.

우우우.

삼산 치타스의 홈관중들이 야유를 쏟아내기 시작한 순간, 그라운드에 쓰러졌던 이천식이 오뚝이처럼 퉁기듯이 벌떡 일어섰다.

"너 죽고 나 죽자."

흥분한 이천식이 마운드 쪽으로 빠르게 달려갔다.

이번에는 포수인 김천수가 막아설 새도 없었다. 그리고 이천식이 휘두른 주먹이 라이언 벤슨의 안면을 향했다.

간신히 주먹을 피해낸 라이언 벤슨과 이천식이 서로 멱살을 틀어쥐고 멱살잡이를 시작했다.

우르르.

마치 기다렸다는 듯이 양 팀의 선수들이 마운드 쪽으로 뛰쳐나오면서 2차 벤치클리어링이 발발했다.

*　　　*　　　*

1차 벤치클리어링과 2차 벤치클리어링.

확실히 분위기가 달랐다.

라이언 벤슨이 이천식을 연거푸 맞춘 것에 고의성이 있다고 판단한 삼산 치타스 선수들은 잔뜩 흥분해 있었다.

분위기가 험악해진 것은 당연한 일이었다.

박건 역시 벤치클리어링에 합류했다.

"니가 사람이야?"

"동업자 정신도 없는 더러운 새끼."

"야구 이렇게 더럽게 할래?"

삼산 치타스 선수들이 내지르는 고성이 난무했다.

원인 제공자는 라이언 벤슨.

충분히 흥분할 수 있는 상황이었다. 그래서 박건이 삼산 치타스 선수들을 제지하기 위해 애쓰고 있을 때였다.

"일부러 그런 것 아니라잖아."

갑자기 고성이 흘러나왔다.

그 고성의 주인공은 백철기였다.

퍼억.

그런 그가 서수찬의 가슴을 강하게 밀쳤다.

기습 공격을 대비하지 못한 서수찬이 뒤로 밀려나며 엉덩방아를 찧었다.

"지금 뭐 하는 거야?"

"적반하장도 유분수지."

"이 새끼가 위아래도 몰라보고 선배를 밀쳐?"

"진짜 끝장을 보자는 거야?"

백철기가 서수찬을 강하게 밀친 것으로 인해 겨우 흥분을 가라앉히던 삼산 치타스 선수들이 다시 흥분하기 시작했다.

가장 가까이 있었던 박건이 재빨리 백철기의 뒤로 다가가 그의 양팔을 꼈다.

"그만해."

박건이 소리쳤을 때, 주심이 다가왔다.

"퇴장!"

주심이 퇴장을 선언한 순간, 백철기는 항변하지 않았다.

순순히 주심의 퇴장 선언에 수긍했다.

'표정이 왜 저래?'

잠시 후, 박건이 고개를 갸웃했다.

아까 서수찬의 가슴을 손으로 강하게 밀치던 백철기는 무척 흥분한 것처럼 보였다.

그렇지만 직접 곁에서 지켜본 백철기의 호흡은 전혀 거칠어지지 않았다.

또, 두 눈은 착 가라앉아 있었다.

그리고 주심에게서 퇴장 선언을 받은 백철기가 분한 표정이 아니라 오히려 다행이라는 표정을 짓고 있는 것을 확인했기에 박건이 의구심을 품은 것이었다.

"너도 퇴장이야."

주심은 백철기에 이어서 투구 중에 이천식의 머리를 맞춘 라이언 벤슨에게도 퇴장 명령을 내렸다.

경기 중에 직구를 던져 상대 타자의 머리를 맞히면 퇴장이라는 KBO 리그 규칙을 적용한 것이었다.

"전부 그만해. 퇴장당하고 싶지 않으면."

주심의 엄포 덕분에 2차 벤치클리어링이 간신히 진정 국면에 접어들었다.

'손해가 많아.'

비로소 긴장이 풀린 박건의 표정이 어두워졌다.

청우 로열스의 선발투수인 라이언 벤슨이 퇴장당한 데다가,

불펜투수인 백철기도 퇴장을 당했기 때문이었다.

그때, 이용운이 말했다.

"역시 옛말이 틀리지 않구나."

"……?"

"불구경과 싸움 구경이 가장 재밌어."

* * *

최종 스코어 6—4.

청우 로열스는 두 차례 벤치클리어링이 발발하면서 어수선한 분위기 속에 치러진 삼산 치타스와의 3연전 최종전에서 승리를 거두었다.

덕분에 청우 로열스는 2연속 위닝시리즈를 거두었다.

그리고 하나 더, 탈꼴찌에 성공했다.

'전력 손실이 너무 커.'

그렇지만 송이현은 마냥 기뻐할 수는 없었다.

삼산 치타스와의 3연전 최종전에서 승리를 거두었음에도 불구하고 손해가 막심했기 때문이었다.

라이언 벤슨과 백철기.

벤치클리어링 도중에 청우 로열스 소속 두 선수가 퇴장을 당했었다. 그리고 두 선수에 대한 추가 징계 논의가 이뤄지고 있었다.

'세 경기 출전정지와 벌금.'

선례를 통해 예측할 수 있는 추가 징계 수위였다.

라이언 벤슨의 경우는 선발투수이기에 다음 로테이션을 거르지 않을 수 있었지만, 불펜투수인 백철기는 달랐다.

최근 들어 접전이 늘어나면서 청우 로열스 불펜투수들의 과부하가 심해진 상황.

필승조에 속한 백철기가 추가 징계를 받고 경기에 출전하지 못하게 되는 것은 청우 로열스에게 직접적인 손실이 될 수 있었다.

"왜… 나선 거야?"

송이현이 눈살을 찌푸렸다.

백철기가 갑자기 흥분해서 삼산 치타스의 주장인 서수찬의 가슴을 밀쳐서 넘어뜨렸던 이유를 파악할 수 없었기 때문이었다.

"아직 어린 선수라 그런가?"

백철기의 나이는 스물 넷.

아직 경험이 많지 않았다. 그래서 감정 조절에 실패한 거라고 송이현이 막 판단했을 때였다.

"그게 면죄부는 될 수 없습니다."

제임스 윤이 강경한 어조로 말했다.

"무슨 뜻이에요?"

"아직 어린 선수라서 감정 조절에 실패했다. 이런 이유로 자꾸 감싸 안으면서 면죄부를 주면 안 된다는 뜻입니다. 비록 젊다고 해도 어엿한 성인입니다. 그리고 백철기는 프로선수입니다. 당연히 본인의 행동에 책임을 져야 하죠. 멍청한 행동으로 구단에 손해를 끼쳤으니 본보기로라도 징계를 내려야 합니다."

송이현이 고개를 끄덕였다.

이런저런 이유로 선수에게 면죄부를 주다 보면 구단의 기강이 무너지게 마련이었다.

프로선수로서 명예를 실추하고 구단에 손해를 끼친 것에 대해 구단 자체 징계를 내리는 것이 옳다는 생각이 들었다.

잠시 후, 송이현이 제임스 윤에게 고개를 돌렸다.

"그런데 왜 퇴근 안 해요?"

"집에 가봐야 할 일도 없습니다."

"그래서 퇴근을 안 하시겠다?"

"퇴근을 미루고 공부나 하려고요."

"무슨 공부요?"

"야알못 스카우트 팀장이니 공부해야죠."

"……?"

"한국 야구에 빨리 적응해야죠."

제임스 윤이 퉁명스러운 목소리로 덧붙인 말을 들은 송이현이 빙그레 웃으며 말했다.

"'독한 야구', 들었나 보네요."

* * *

"앤서니 쉴즈는 단언컨대 몸값에 걸맞는 활약을 못 하고 있습니다. 속된 말로 먹튀 수준이죠. 그래서 앤서니 쉴즈를 욕하시는 분들이 많지만, 이건 앤서니 쉴즈만의 책임이 아닙니다. 앤서니 쉴즈의 부진에 더 큰 책임이 있는 사람이 있거든요. 누구냐고요? 바로 청우 로열스의 스카우트 팀장인 제임스 윤입니다. 해태 눈깔을 달고 있었던 셈이니까요."

'독한 야구' 진행자가 했던 멘트를 떠올리며 송이현이 말하자, 제임스 윤이 머리를 긁적이며 대답했다.

"아까 표현이 잘못됐네요. 야알못 스카우트 팀장이 아니라, 해태 눈깔을 달고 있는 스카우트 팀장입니다."

'역시 들었네.'

송이현의 입가에 떠오른 미소가 짙어졌을 때, 제임스 윤이 말했다.

"그래서 책임을 지려고 합니다."

"무슨 책임요?"

"앤서니 쉴즈를 청우 로열스로 영입한 장본인으로서 책임을 져야죠."

제임스 윤이 비장한 표정으로 대답했다.

'책임감은 있네.'

픽 하고 실소를 터뜨린 송이현이 호기심을 느끼고 물었다.

"어떻게 책임질 건데요?"

그 질문을 받은 제임스 윤이 대답했다.

"모르겠습니다."

"모른다고요?"

송이현이 황당한 표정을 지었을 때, 제임스 윤이 덧붙였다.

"그 방법을 찾기 위해서 '독한 야구'를 들을 생각입니다."

*　　　*　　　*

"오늘은 누굽니까?"

'독한 야구' 녹음을 앞두고, 박건이 물었다.

"뭐가?"

"지난 방송 말미에 엑스맨 리스트를 계속 업데이트할 거라고 말씀하셨잖습니까? 오늘은 누굴 엑스맨으로 발표할지 궁금해서 던진 질문입니다."

"오늘은 없다."

"왜요?"

"그것보다 훨씬 중요한 이야깃거리들이 많거든."

'중요한 이야깃거리? 뭐지?'

박건이 호기심을 품은 채 '독한 야구' 녹음을 시작했다.

"팟 캐스트 방송 '독한 야구'는 선수, 감독, 심지어 팬들까지 모두 독하게 까는 해설 방송입니다. 심장이 약한 분들과 임산부와 노약자는 가능한 청취를 금해주시기 바라며, 하루에 딱 한 경기만 집중해서 해부하는 '독한 야구', 시작하겠습니다. 무척 오랜만에 청우 로열스가 탈꼴찌에 성공했습니다. 그렇지만 말 그대로 상처뿐인 영광이었습니다. 엄밀히 말하면 청우 로열스가 잘해서 탈꼴찌에 성공한 게 아닙니다. 삼산 치타스가 워낙 못해서 승리를 당했다고 표현하는 게 더 맞는 것 같습니다."

'역시 독설가야.'

이용운은 본인의 입으로 청우 로열스에 대한 애정이 있다고 밝혔다.

그 이유에 불순한 의도(?)가 깔려 있긴 하지만, 청우 로열스에 대한 애정이 있다는 것은 사실이었다.

그런 청우 로열스가 오래간만에 탈꼴찌에 성공한 상황.

그냥 '잘했다. 축하한다.'라고 말해도 충분할 것을 이용운은 굳이 독설을 내뱉고 있었다.

"누가 누가 더 못하나? 치열한 경쟁에서 승리하긴 했지만, 청우 로열스는 약팀의 전형적인 모습을 다 드러냈습니다. 감정 조절에 실패한 선발투수, 벤치클리어링 도중에 분위기 파악 못 하고 날뛰다가 퇴장당한 불펜투수, 여전히 부진한 전 4번 타자와 현 4번 타자까지. 말 그대로 총체적인 난국이었습니다."

'가만히 듣다 보니… 경기에서 이긴 게 용하네.'

어느 한 부분 반박하기 힘들었다.

그래서 박건이 쓴웃음을 머금은 채 말을 이었다.

"그래서 청우 로열스 팀에는 해결해야 할 부분들이 많습니다. 대체 어디서부터 시작해야 할지 감을 잡기 어려울 정도죠. 그렇지만 분명히 우선순위는 존재합니다. 제가 판단하는 가장 시급한 문제는 엑스맨 대표 주자인 앤서니 쉴즈입니다. 솔직히 말씀드리면 앤서니 쉴즈를 버리는 것이 가장 좋지만, 버리기는 힘든 상황이니 어떻게든 고쳐 써야겠죠. 그런데 사람은 쉽게 변하지 않습니다. 박건 선수와의 내기에서 치욕적이라 할 수 있는 패배를 당했음에도 앤서니 쉴즈는 별반 달라지지 않았습니다. 과연 앤서니 쉴즈가 달라질 수 있을까요? 딱 한 가지 방법이 있습니다."

'뭐지?'

박건이 머리를 긁적였다.

작심삼일(作心三日).

결심한 지 얼마 지나지 않아 흐지부지된다는 것을 뜻하는 사자성어였다.

그나마 앤서니 쉴즈의 상황과 가장 어울리는 사자성어였지만, 이 사자성어조차도 과분한 편이었다.

앤서니 쉴즈는 박건과의 내기에서 패했음에도 불구하고, 그 충격이 몇 시간도 지속되지 않았으니까.

여전히 영웅 스윙에 집착하면서 극심한 슬럼프에 빠져 있었다.

'과연 앤서니 쉴즈를 바꿀 수 있는 방법이 있긴 한 걸까?'

박건 역시 이 부분에 대해서 생각해 본 적이 있었다. 그렇지만 뚜렷한 해법을 찾지 못한 상태였는데.

"그 방법은 바로 결자해지입니다."

이용운이 한 말을 옮기던 박건이 두 눈을 빛냈다.

결자해지(結者解之)는 일을 저지른 사람이 그 일을 해결해야 한다는 뜻의 사자성어였다. 그리고 이용운이 결자해지라는 사자성어를 입 밖으로 꺼낸 순간, 박건이 떠올린 것은 제임스 윤이었다.

* * *

"앤서니 쉴즈는 KBO 리그를 개무시하고 있습니다. 그럼 이런 질문을 던지는 분이 계실 겁니다. 그렇게 개무시하는 KBO 리그에서 앤서니 쉴즈는 왜 뛰고 있느냐? 단순히 돈을 벌기 위함이냐? 대충 맞습니다. 앤서니 쉴즈가 KBO 리그에서 뛰기로 결정한 데는 거액의 몸값이 영향을 미쳤을 겁니다. 마이너리그에서는 이 정도 거액을 받기 힘드니까요. 그렇지만 앤서니 쉴즈가 KBO 리그에서 뛰기로 결심한 데 영향을 미친 사람이 한 명 더 있습니다. 바로 제임스 윤입니다. 앤서니 쉴즈는 제임스 윤을 믿거든요."

'독한 야구' 진행자의 멘트를 듣고 있던 제임스 윤의 양어깨에 힘이 들어갔다.

"제가 이런 사람입니다."

마치 이렇게 말하고 싶은 듯 양어깨에 잔뜩 힘을 주고 있는 제임스 윤을 송이현이 바라보고 있을 때였다.

"KBO 리그에서 좋은 활약을 펼치면 메이저리그에 진출할 수 있다. 실제로 KBO 리그에서의 활약을 바탕으로 재평가를 받고 메이저리그에 입성한 케이스가 꽤 존재한다. 제임스 윤은 아마 이런 전략으로 앤서니 쉴즈를 청우 로열스로 영입했을 겁니다."

진행자가 추측한 순간, 송이현이 물었다.

"맞아요?"

"대충 맞습니다."

'또 맞았네.'

송이현이 내심 감탄했다.

'독한 야구' 진행자의 예측이 또 한 번 적중했기 때문이었다.

그로 인해 '독한 야구' 진행자에 대한 신뢰가 한층 깊어진 순간, 송이현이 입을 뗐다.

"물 건너갔네요."

"뭐가요?"

"앤서니 쉴즈와 했던 약속요. 메이저리그에 입성할 확률이 희박하니까요."

앤서니 쉴즈가 메이저리그 입성할 수 있는 필요조건.

KBO 리그에서 맹활약을 펼쳐야 한다는 것이었다.

그렇지만 현재 앤서니 쉴즈는 맹활약을 커녕 시즌 중에 퇴출을 당해도 이상할 것 없을 정도로 부진한 상황이었다.

이런 상황에서 메이저리그 입성이 가능할 리 없었다.

"희박한 게 아니라 제로죠."

제임스 윤이 웃픈 얼굴로 수긍한 순간, 진행자의 멘트가 이어졌다.

"옛말에 다섯 살 먹은 아이에게도 배울 게 있다는 말이 있습니다. 그런데 앤서니 쉴즈는 배우려는 의지가 전혀 없습니다. 속된 말로 귀를 닫아버렸죠. KBO 리그는 기존에 뛰던 마이너리그에 비해 수준이 낮다. 이런 생각을 갖고 있기 때문에 앤서니 쉴즈는 귀를 닫고 코칭스태프들이 건네는 어떤 조언도 받아들이지 않고 있습니다. 결국 앤서니 쉴즈가 부진에서 벗어나기 위해서는 귀를 열어야 합니다. 기술적인 부분이나 심리적인 부분에서 코치들의 조언을 수용해야만 지금의 부진에서 벗어날 수 있습니다. 그래서 제임스 윤의 역할이 중요합니다. 앤서니 쉴즈가 신뢰하면서 귀를 기울이는 사람은 제임스 윤뿐이니까요. 다행인 것은 딱 적당한 때가 찾아왔다는 겁니다. 박건 선수와의 내기에서 치욕적인 패배를 당했고, 한창기 감독이 7번 타자로 타순을 조정한 지금, 앤서니 쉴즈도 비로소 귀를 열 준비가 됐기 때문입니다."

송이현이 제임스 윤을 힐끗 살폈다.

그 시선을 느낀 제임스 윤이 말했다.

"결자해지를 실행에 옮길 때가 된 것 같습니다."

제6장

"오늘 뭘 할 거냐?"

일주일에 하루 찾아오는 휴식일.

이용운이 박건의 스케줄에 대해 물었다.

"그냥 푹 쉴까 생각 중입니다. 이따가 어머니한테 찾아가서 저녁밥이나 얻어먹으려고 하는데요."

박건이 대답하자, 이용운이 제안했다.

"어머니를 찾아가는 건 한 주만 미뤄라."

"왜요?"

"따로 할 일이 있다."

"무슨 일인데요?"

이용운이 대답했다.

"미행."

*　　　*　　　*

부우웅.

택시에 올라탄 박건이 기사에게 부탁했다.

"저 은회색 그랜저 보이시죠? 저 차를 따라가 주시면 됩니다."

'이유를 물으면 어떻게 대답해야 하나?'

박건이 고민했지만, 다행히 택시 기사는 이유를 캐묻지 않았다.

박건이 탄 택시가 적당한 거리를 유지한 채 백철기가 운전하는 은회색 그랜저의 뒤를 쫓아가기 시작했다.

그제야 한숨을 돌린 박건이 이용운에게 물었다.

"이제 이유를 말씀해 주시죠. 대체 왜 백철기를 미행하는 겁니까?"

"증거를 잡아야 하거든."

"무슨 증거요?"

"백철기가 승부조작과 연루됐다는 증거."

"승부조작…요?"

박건이 깜짝 놀란 표정을 지었다.

전혀 예상치 못했던 이야기였기 때문이었다.

그때, 이용운이 덧붙였다.

"참 골고루 하지?"

"네?"

"야구 못하는 팀의 전형이지 않느냐?"

틀린 말은 아니었다. 그렇지만 박건은 '네'라고 대답하는 대신, 입을 다물었다.

박건 역시 청우 로열스 소속 선수.

이용운의 말에 맞장구를 치면, 결국 본인 얼굴에 침 뱉기밖에 안 된다는 사실을 알기 때문이었다.

"확실합니까?"

대신 박건이 백철기가 승부조작에 연루된 것이 확실하냐는 질문을 던졌다.

"백 퍼센트 확실하진 않아. 그래서 지금 증거를 잡으려는 거잖아."

"그냥 의심한 건 아닐 것 아닙니까? 어디서 정보를 얻으신 겁니까?"

"백철기가 이상하다는 것, 못 느꼈어?"

"언제요?"

"벤치클리어링이 발발했을 때 말이야."

이용운이 말하는 그때.

라이언 벤슨이 삼산 치타스 소속 선수인 이천식의 헬멧을 맞히는 헤드 샷을 던져서 2차 벤치클리어링이 발발했을 때를 말하는 것이었다.

'이상한 점이라.'

당시의 기억을 더듬던 박건이 두 눈을 빛냈다.

확실히 이상한 점이 있었다.

굳이 흥분할 필요가 없었던 백철기가 서수찬의 가슴을 밀치는 돌발 행동을 했던 것부터 이상했다.

더 이상한 점은 그 후에 벌어졌다.

주심에게서 퇴장 지시를 받았던 백철기는 억울하거나 분한 표정이 아니었다.

오히려 다행이란 표정을 지었다.

'대체 왜?'

당시 박건은 그런 백철기의 표정을 확인하고 의아함을 품었었다.

"백철기가 조금 이상하긴 했습니다. 퇴장을 당하고 나서 오히려 다행이란 표정을 지었었거든요."

"후배도 아주 눈치가 없지는 않구나. 그럼 백철기는 왜 그런 이상한 행동을 했을까?"

"그건… 모르겠습니다."

잠시 고민하던 박건이 솔직하게 대답한 순간이었다.

"역시."

이용운이 그럴 줄 알았다는 듯이 말했다.

"뭐가 역시란 겁니까?"

"눈치는 좀 있는데 생각이 없구나."

'이 귀신이 진짜.'

박건이 울컥했다.

항상 느끼는 거지만 이용운에게는 사람을 발끈하게 만드는 재주가 있었다.

이용운과 함께한 시간이 꽤 됐지만, 여전히 적응이 되지 않았다.

"공을 던지기 싫었나 보죠."

박건이 퉁명스러운 목소리로 아무 말이나 던졌을 때였다.

"오오!"

이용운이 갑자기 감탄사를 내뱉었다.

'왜 이래?'

예기치 못한 반응으로 인해 박건이 당황했다.

"설마 방금 제가 한 말이 맞다는 건 아니죠?"

"얼추 맞다."

"네?"

"백철기가 공이 던지기 싫어서 퇴장을 당했단 뜻이다."

박건이 의아한 표정을 지었다.

백철기는 프로선수.

경기에 자주 출전해서 좋은 성적을 거두어야만 몸값을 올릴 수 있었다.

그런데 왜 공을 던지기 싫어서 퇴장을 당한단 말인가?

그 순간, 박건이 떠올린 것은 2군 선수들이었다.

'1군에서 뛰고 싶다.'

오직 한 가지 일념으로 힘들고 외로운 훈련을 묵묵히 버텨내는 2군 선수들이 부지기수였다.

만약 이용운의 말이 사실이라면?

'배가 불렀네.'

박건이 이렇게 판단하며 물었다.

"왜 공을 던지기 싫다는 겁니까?"

"두려울 테니까."

"……?"

"승부조작을 해야 하는 게 두려웠을 거다. 그래서 백철기는 차라리 경기에 출전하지 않고 싶었을 거다. 그런 상황에서 마침 벤치클리어링이 발발했고, 백철기는 재빨리 머리를 굴린 거지. 그래서 과하게 흥분한 척하면서 서수찬을 밀치고 주심에게서 퇴장을 받아내면서 일단 시간을 번 거지."

이용운이 설명을 마쳤지만, 박건은 순순히 믿기 어려웠다.

"설마 그랬을까요?"

그래서 박건이 못미더운 표정을 지었을 때, 이용운이 덧붙였다.

"그게 다가 아니다. 내 눈으로 직접 봤다."

"뭘요?"

"백철기가 조직폭력배처럼 보이는 수상한 남자들과 어울리는 것."

"어디서요?"

"곧 도착한다."

갑자기 이용운의 목소리가 착 가라앉았다는 사실을 깨달은 박건이 물었다.

"목소리가 왜 그러십니까?"

"내 목소리가 어떤데?"

"갑자기 잠긴 것 같은데요."

"슬프거든."

"……?"

"내가 죽은 곳에 곧 도착할 테니까."

자신이 죽은 곳을 다시 찾아오는 것.

어떤 기분일지 박건은 짐작하기 어려웠다.

박건은 아직 살아 있으니까.

그렇지만 막연하게나마 짐작은 가능했다.

'무척 슬프지 않을까?'

박건이 막 이렇게 판단한 순간이었다.

앞서가던 백철기의 은회색 그랜저가 빌딩 지하 주차장으로 진입했다.

요금을 치르고 택시에서 내린 박건이 빌딩 근처에서 백철기가 나오기를 기다렸다. 그러나 십여 분이 지났음에도 백철기는 건물 밖으로 나오지 않았다.

"들어가 보자."

이용운의 재촉을 받은 박건이 지하 주차장으로 내려갔다.

"저기다."

잠시 후, 박건은 백철기의 은회색 그랜저를 발견했다. 그리고 백철기는 차 안에서 한 남자와 대화를 나누고 있었다.

구석진 곳에 숨어서 지켜보기를 한참.

조수석 차 문이 열리고 검정색 정장을 입은 남자가 내렸다.

"지금."

박건이 휴대전화로 백철기의 차에서 내리는 남자의 사진을 찍었다.

주위를 살피던 남자가 옷매무새를 바로 하고 엘리베이터 쪽으로 걸어갔다.

후우.

남자에게 들키지 않고 촬영을 마친 박건이 안도의 한숨을 내쉬며 물었다.

"이제… 어쩌죠?"

이용운이 대답했다.

"물어보자."

"뭘요?"

"승부조작과 연관이 있는지."

"백철기에게 물어보란 뜻입니까?"

박건이 놀란 표정으로 묻자, 이용운이 되물었다.

"그럼 아까 그 조폭한테 가서 물어볼래?"

"그건 안 되죠."

당연히 안 될 말이었다.

박건은 목숨의 소중함을 잘 알았다. 그리고 귀신인 이용운과 함께하는 시간이 길어지면서 생에 대한 의지가 더 강해진 상태였다.

당연히 위험을 자초하고 싶지 않았다.

그렇지만 백철기를 찾아가서 물어보는 것도 내키지 않기는 마찬가지였다.

아니, 박건은 지금 자신이 처해 있는 상황 자체가 마음에 들지 않았다.

'내가 지금 여기서 뭘 하는 거지?'

천금 같은 휴식일에 백철기를 몰래 미행해서 정체불명의 남자와 만나는 것을 지켜보며 사진을 찍는 것.

영 내키지 않았다.

'차라리 훈련을 하거나, 야구에 대한 공부를 하는 게 낫겠네.'

박건과 이용운은 입장이 달랐다.

이용운은 해설위원 출신인 만큼, 호기심이 많을 수밖에 없었다. 그렇지만 박건은 백철기와 같은 팀 소속이지만 별다른 친분이 없었다.

굳이 위험을 무릅쓰고 그를 미행까지 하는 게 내키지 않았다.

그런 박건의 속내가 표정에 드러났을까.

이용운이 물었다.

"오지랖 넓은 편이잖아?"

"제 오지랖이 넓은 편인 건 사실입니다. 그렇지만 이 정도로 넓지는 않습니다."

"그래서 싫어? 내키지 않아?"

"솔직히… 그렇습니다."

박건이 솔직하게 대답한 순간이었다.

"나쁜 놈."

이용운이 비난했다.

"제가 왜 나쁜 놈입니까?"

박건이 억울한 표정을 짓자, 이용운이 다시 말했다.

"알면서도 외면하려고 하니까."

"……?"

"프로야구 선수인 동료가, 그것도 같은 팀원이 승부조작의 마수에 걸려들어서 죽을 만큼 힘들어 하고 있다. 후배는 그 사실을 알면서도 도움을 주는 대신 모른 척 외면하겠다는 것이고. 이게 후배를 나쁜 놈이라고 욕한 이유다."

박건이 항변했다.

"왜 하필 제가 나서야 합니까? 제가 뭐라고……."

"오직 후배만이 곤경에 처해 있는 백철기를 도울 수 있다."

"왜요?"

"후배만 그 사실을 알고 있으니까."

후우.

박건이 한숨을 내쉬었다.

'거절했어야 해.'

잠시 후, 박건이 이용운의 제안을 받아들였던 것을 후회했다.

백철기를 미행하라는 제안을 딱 잘라 거절했다면?

이렇게 곤란하고 위험한 일에 휘말리지 않았을 테니까.

그러나 후회란 아무리 빨라도 늦은 법이었다.

지금은 후회를 할 때가 아니라 결정을 내려야 할 때였다.

"어떻게 할 거냐? 계속 외면할 거냐?"

이용운이 결정을 재촉했다.

박건이 모자를 푹 눌러쓰며 대답했다.

"조폭보단 백철기를 만나서 묻는 게 낫겠죠."

"역시."

"역시 뭡니까?"

이용운이 대답했다.

"넌 좋은 놈이다. 그래서 내가 널 좋아하는 거고."

"아깐 나쁜 놈이라면서요."

잠시 후, 박건이 재차 한숨을 내쉬며 덧붙였다.

"그리고 좀 싫어해 주시죠."

*　　*　　*

딸칵.

지하 주차장에 주차되어 있는 백철기의 승용차로 다가간 박건이 조수석 문을 열었다.

조수석 문을 연 순간, 박건이 눈살을 찌푸렸다

코끝을 찌르는 매캐한 담배 내음 때문이 아니었다.

흠칫 놀라며 팔을 들어 얼굴을 가리는 백철기의 반응이 박건의 눈살을 찌푸리게 만든 이유였다.

'그동안 많이 맞았나 보네.'

백철기가 반사적으로 팔을 들어 얼굴을 가리는 동작을 취한 것.

아까 조폭이 다시 돌아왔다고 판단했기 때문이리라.

또, 그동안 지속적인 폭행을 당해왔다는 증거이기도 했다.

"잠깐 앉아도 되지?"

스르륵.

조수석 차문을 연 것이 조폭이 아니라 박건이라는 사실을 알아챈 백철기가 얼굴을 가리고 있던 팔을 내렸다.

그렇지만 놀란 표정은 여전했다.

박건을 여기서 만나게 될 것이라고는 꿈에도 예상치 못했기 때문일 터였다.

"선배…님?"

"왜? 놀랐어?"

"조금, 아니, 많이 놀랐습니다. 선배님께서 여긴 어떻게 오셨습니까? 제가 여기 있는 걸 어떻게 아시고……?"

"미행했어."

"미행…요?"

백철기가 두 눈을 치켜뜨는 것을 확인한 박건이 덧붙였다.

"미행이라고 하니 엄청 거창해 보이네. 그냥 네가 누굴 만나고 다니는지 궁금해서 따라온 걸로 하자."

"그게 왜 궁금하셨던 겁니까?"

"이상했거든."

"……?"

"삼산 치타스와의 경기 중에 두 번째 벤치클리어링이 벌어졌을 때, 네가 했던 행동이 이상했어."

비로소 말뜻을 이해한 백철기가 멋쩍게 웃으며 입을 뗐다.

"조금 과했죠?"

"조금이 아니라 많이."

"……."

"꼭 퇴장을 당하고 싶어서 안달이 난 사람처럼 느껴졌어."

박건이 더한 말을 들은 백철기의 표정이 딱딱하게 굳어졌다.

그 반응을 살피던 박건이 다시 입을 뗐다.

"만약 연기였다면 그렇게 연기에 능한 편은 아니었어. 어쨌든 그 이상한 행동을 보고 나니 의심이 들더라고."

"무슨 의심요?"

"승부조작."

박건이 승부조작이란 단어를 꺼낸 순간, 백철기의 낯빛이 안쓰러울 정도로 창백하게 질렸다.

그 반응에 아랑곳하지 않고 박건이 말을 이었다.

"처음에는 의심이었어. 그런데 조금 전에 네가 만난 남자를 확인하고 확신으로 바뀌었어. 아까 네가 만난 남자, 일반인 분위기는 아니었거든."

백철기가 지그시 입술을 깨물고 있는 것이 보였다.

차 안에는 정적이 내려앉았다.

박건이 묵묵히 기다리고 있자, 백철기가 한참 만에 침묵을 깨뜨렸다.

"선배님 말씀이 맞습니다. 승부조작 제의를 받았습니다."

더 숨기기 어렵다고 판단한 걸까.

백철기가 순순히 시인했다.

'진짜였네.'

박건이 속으로 한숨을 내쉬었다.

설마 했는데, 이용운의 말대로였다.

"봐라. 내 말이 맞았지?"

이용운이 어김없이 생색을 낸 순간, 박건이 핀잔을 건넸다.

"지금 선배님 말이 맞았다고 좋아할 때입니까?"

"그건 아니지."

이용운이 대답한 순간, 박건이 백철기를 바라보며 물었다.

"어느 단계야?"

"네?"

"이미 승부조작에 가담했느냐? 아니면, 아직 승부조작에 가담하기 전이냐? 그 여부를 물은 거야."

"아직 승부조작에 가담하지는 않았습니다."

백철기가 힘주어 대답했다.

아마 그게 마지막 남은 자존심이기 때문이리라.

"다행이다."

그때, 이용운이 말했다.

"뭐가 다행이란 겁니까?"

"아직 승부조작에 가담하지 않은 만큼, 바로잡을 기회가 있으니까."

'그래. 이건 다행이야.'

너무 늦지 않았다는 것을 다행이라 여기며 박건이 물었다.

"어쩌다 승부조작 제안을 받게 된 거야?"

"그건… 말씀드리기 곤란합니다."

백철기가 박건의 시선을 피하며 대답했다.

박건이 다시 그에 대해 물으려 했을 때, 이용운이 서둘러 말했다.

"더 묻지 마라."

"왜요?"

"세상에 사연 없는 사람은 없으니까."

"그렇지만……."

"아프고 힘든 기억을 떠올리는 것, 오히려 역효과를 불러올 확률이 높다. 그럼 간신히 여는 데 성공한 백철기의 입과 마음이 다시 닫힐 수도 있다."

일리가 있다고 판단한 박건이 질문을 바꾸었다.

"이제 어떻게 할 거야?"

"그게……."

대답을 꺼내기 어려운 걸까.

한참 망설이던 백철기가 마침내 입을 뗐다.

"야구를 그만둘 생각입니다."

"야구를… 그만둔다고?"

예상치 못했던 대답이었기에 박건은 깜짝 놀란 표정을 감추지 못했다.

'그 정도로 힘들었던 건가?'

프로야구 선수가 되는 것은 쉽지 않았다. 그리고 1군 무대에서 주전 자리를 확실히 꿰차는 것은 더욱 힘들었다.

피나는 훈련과 노력이 백철기의 성공 이면에 존재했다.

그런데 백철기는 어렵게 성취한 프로야구 선수로서의 삶을 포기하겠다고 말했다.

이게 그가 승부조작 제안을 받고 무척 힘들었다는 증거.

그 이야기를 들은 순간, 가장 먼저 든 생각은 너무 아깝다는 것이었다.

백철기의 재능이, 또 그동안 백철기가 했던 노력들이 아까웠다.

그래서 박건이 조심스럽게 제안했다.

"너무 성급한 것 아냐? 2군에 잠시 내려가서……."

"2군에 내려가는 것은 해결책이 되지 않습니다."

"왜 해결책이 되지 않는다는 거지?"

"퓨처스 리그에 출전하게 되면 다시 승부조작을 하라는 제안을 받게 될 테니까요."

'설마 퓨처스 리그에도 승부조작이 있을까?'

박건이 이렇게 생각한 순간이었다.

"백철기의 말이 맞다. 승부조작의 마수는 생각보다 넓고 깊게 뻗쳐 있다. 1군 경기는 물론이고 퓨처스 리그 경기도 승부조작이 발생할 수 있다. 그리고 승부조작의 방법도 막연히 예상하는 것보다 훨씬 구체적이다. 꼭 승부의 결과에 영향을 미치지 않아도 된다는 뜻이지. 예를 들면 투수가 등판해서 첫 타자를 상대로 초구에 볼을 던지느냐? 스트라이크를 던지느냐? 볼넷을 내주느냐? 이런 세세한 부분까지 모두 베팅이 가능하기 때문에 승부조작의 영역에 포함된다."

'그 정도야?'

이용운의 설명을 듣고 놀랐던 박건이 다시 백철기를 바라보았다.

자포자기한 듯한 표정을 짓고 있는 백철기가 안타까웠다. 그래서 박건은 백철기를 꼭 돕고 싶었다.

"무슨 방법이 없을까요?"

해서 박건이 질문하자, 이용운이 웃으며 말했다.

"내가 아까 그랬지? 너 오지랖 넓다고?"

"오지랖이 넓은 것, 인정하겠습니다. 그러니 방법이 있다면 알려주시죠."

"잘못된 것을 바로잡을 수 있는 방법은… 물론 있다."

"무엇입니까?"

이용운이 대답했다.

"정공법."

*　　　*　　　*

치지직.

불판 위에 올려져 있는 장어가 노릇하게 익어갔다.

박건이 익어가는 장어를 물끄러미 바라보고 있을 때, 송이현 단장이 물었다.

"장어에는 글루텐 성분이 포함되지 않았겠죠?"

"아마 그럴 겁니다."

"그럼 많이 드세요."

"말씀 편하게 하십시오."

송이현의 직책은 단장.

반면 박건은 일개 선수였다.

그럼에도 불구하고 송이현은 박건에게 아직까지 말을 놓지 않았다.

그것이 불편하게 느껴져서 박건이 말을 편하게 놓으라고 부탁했지만, 송이현은 고개를 흔들었다.

"청우 로열스 단장인 제 철칙 중 하나가 선수들에게 절대 말을 놓지 않는 것이에요."

"특별한 이유가 있습니까?"

"음, 존중의 의미라고 표현하면 될까요?"

송이현이 생긋 웃으며 대답했다.

박건이 고개를 끄덕일 때, 송이현이 다시 말했다.

"오늘 제가 장어를 사는 건 보답의 의미라고 생각하세요."

"보답…요?"

"박건 선수 덕분에 제가 야알못 단장에서 벗어났거든요. 앞으로도 계속 좋은 활약을 해달라고 부탁하는 의미입니다."

"말씀은 감사합니다. 그런데 곤란해질 수도 있지 않을까요?"

"제가 곤란해져요? 왜요?"

"옵션 계약 때문에요."

"옵션 계약이라면……?"

영문을 모르겠다는 표정을 짓던 송이현이 한참 만에야 기억난 듯 박수를 쳤다.

"청우 로열스가 한국시리즈에서 우승을 달성할 시, 박건 선수에게 오억을 지급한다는 옵션 계약을 말하는 거죠?"

"맞습니다."

박건이 쓴웃음을 머금었다.

송이현이 옵션 계약 조건을 떠올리는 데 한참 시간이 걸렸던 이유가 짐작이 갔기 때문이었다.

'역시 가능성이 희박하다고 생각해.'

박건이 이렇게 판단했을 때였다.

"기회를 주세요."

송이현이 두 눈을 빛내며 말했다.

"어떤 기회를 말씀하시는 겁니까?"

"박건 선수에게 오억을 지급할 기회요. 그럼 청우 로열스가 올 시즌에 한국시리즈 우승을 차지한다는 뜻이니까요."

'역시 부자는 다르네.'

송이현은 청우 로열스 단장이자, 청우 그룹 회장인 송수백의 딸.

박건이 옵션 조건을 달성해서 오억을 지급하는 것에 대해 전혀 부담을 느끼는 기색이 아니었다.

"참, 박건 선수에게 하나 더 고마운 게 있어요. '독한 야구'라는 재밌고 유익한 팟 캐스트 방송을 소개해 준 것이요."

송이현이 더한 말을 들은 이용운이 반색했다.

"들었냐?"

"저도 귀 있습니다."

"내가 이런 사람이다."

이용운이 거만한 목소리로 말할 때, 박건이 송이현에게 물었다.

"정말… 재밌습니까?"

"재미있던데요."

"중간에 단장님을 비난하는 내용도 간혹 섞여 있는데요?"

"그래서 더 좋았어요."

"네?"

"제 이름이 등장할 때마다 꼭 드라마 주인공이 된 느낌이 들었거든요. 그리고 욕먹을 때마다 막 의지가 샘솟더라고요."

"어떤 의지가 샘솟는다는 말씀입니까?"

"'독한 야구' 진행자에게 욕을 얻어먹지 않을 정도로 더 열심히 해야겠다는 의지요."

'취향 참 특이하네.'

박건이 속으로 생각할 때였다.

"그런데 무슨 일로 날 만나자고 했어요?"

송이현이 만남을 청한 용건에 대해 질문을 던졌다.

그 질문을 들은 박건이 대답했다.

"단장님의 도움이 필요합니다."

"무슨 불편한 점이라도 있어요? 힘든 일이 있으면 기탄없이 말해봐요. 힘닿는 데까지 도와줄 테니까."

"단장님의 도움이 필요한 건 제가 아닙니다."

"그럼 누구죠."

"백철기 선수요."

박건이 백철기의 이름을 입에 올린 순간, 송이현이 표정을 굳혔다.

"어떤 부탁을 할지 짐작이 가네요."

"네?"

"구단 자체 징계의 수위를 낮춰 달라. 백철기 선수가 이렇게 말해 달라고 박건 선수에게 부탁하던가요?"

'단단히 착각하고 있네.'

송이현의 목소리는 얼음장처럼 차가웠다. 그렇지만 착각을 했기 때문에 이런 반응을 보이는 것이었다.

"반대입니다."

"반대…라니요?"

"백철기 선수는 벤치클리어링 도중 비신사적 행위를 한 것에 대해서 오히려 구단 자체 징계 수위가 더 강하게 내려지기를 바랐습니다."

거짓말이 아니었다.

조금이라도 더 시간을 벌고 싶어 하던 백철기는 구단 자체 징계 수위가 높아서 경기에 출전할 수 없게 되기를 내심 바랐으니까.

그렇지만 자세한 속사정을 알지 못하는 송이현은 의아한 표정을 지었다.
"왜요?"
"그 질문에 대한 답을 드리기 전에 먼저 드리고 싶은 질문이 있습니다."
"어떤 질문이죠?"
박건이 잠시 망설이다가 입을 뗐다.
"백철기 선수를 지켜줄 수 있다고 약속하실 수 있습니까?"
"너무 갑작스럽네요."
송이현은 확답을 하는 대신, 난감한 기색을 드러냈다.
그렇지만 박건은 당황하지 않았다.
이런 반응이 돌아올 것을 어느 정도 예상했기 때문이었다.
"백철기 선수는 지금 누군가의 도움이 필요합니다. 그 누군가는 어떤 상황에서도 백철기 선수를 보호해 줄 수 있는 사람이어야 합니다."
"그게… 나다?"
"다른 사람은 떠오르지 않았습니다."
박건이 대답하자, 송이현이 앞에 놓인 맥주잔을 들어 올렸다.
맥주를 한 모금 마신 후, 송이현이 대답했다.
"지켜주겠다고 약속하죠. 나는 청우 로열스 단장이니까요."
원하던 대답을 얻어내는 데 성공한 박건이 말했다.
"백철기 선수는 승부조작 제의를 받았습니다."
"승부조작…요?"
"그렇습니다. 그로 인해 협박을 당하고 있습니다."
심각한 사안임을 알아챈 송이현이 자세를 고쳐 앉았다.

"불행 중 다행인 것은 백철기 선수가 아직까지 승부조작 제의에 응하지 않았다는 겁니다. 덕분에 아직 바로잡을 기회는 남아 있습니다."

"이런 경우라면… 나를 찾아올 게 아니라 경찰과 한국프로야구 협회에 신고를 하는 게 먼저 아닌가요?"

"물론 그게 맞습니다."

"벌써 신고를 했나요?"

"아직입니다."

"왜 아직 신고를 안 한 거죠?"

"백철기 선수는 후환을 두려워하고 있습니다."

"후환이라면?"

"승부조작을 제안한 자들이 본인과 가족들에게 어떤 해코지를 할지 모른다. 이런 두려움으로 인해 야구를 그만둘 생각까지 하고 있습니다."

박건이 백철기가 처해 있는 현 상황과, 그가 현재 가장 두려워하는 것에 대해서 알려주었다.

그 이야기를 들은 송이현의 표정이 신중해졌다.

"무슨 뜻인지 알겠어요. 그러니까 이제 신고를 하라고 하세요."

"정말 지켜주실 수 있습니까?"

"내가 한 약속은 지켜요. 모든 수단을 총동원해서 그 약속을 지키도록 하죠."

송이현이 힘주어 말했다.

그런 그녀의 모습은 무척 믿음직스러웠다.

덕분에 박건이 한숨을 돌렸을 때, 송이현이 자리에서 일어섰다.

"왜 일어나시는 겁니까?"

"아까 했던 약속을 지키려면 준비가 필요할 것 같아서요."

송이현의 대답을 들은 박건이 고개를 숙이며 말했다.

"잘 부탁드립니다."

* * *

〈여전히 승부조작의 악령에서 벗어나지 못하는 한국프로야구의 현실〉

〈젊은 선수의 용기 있는 고백, 한국프로야구를 수렁에서 구해내다〉

〈검경 합동수사반 출범. 이번엔 승부조작 세력을 뿌리 뽑을 수 있을까?〉

마치 약속이라도 한듯 승부조작 수사와 관련된 기사가 쏟아져 나왔다.

박건이 그 기사들을 살피고 있을 때, 이용운이 말했다.

"송 단장, 일 잘하네."

"너무 성급한 게 아닐까요?"

그렇지만 박건은 우려 섞인 목소리로 질문했다.

'일이 너무 커진 게 아닐까?'

이런 우려가 들었기 때문이었다. 그러나 이용운의 의견은 달랐다.

"이런 일일수록 크게 터뜨려야 한다. 그래야 백철기에게 승부조작을 제안했던 놈들이 지레 겁을 집어먹거든."

옳은 이야기였다.

그렇지만 박건은 여전히 마음에 걸리는 게 남아 있었다.

"혹시 후환이 있지 않을까요?"

"아까 내가 송이현 단장이 일을 잘한다고 했지? 단지 일을 크게 벌여서만 한 이야기가 아니다. 경찰만이 아니라, 검찰도 함께 움직였다는 것은 검찰 윗선에서 지시가 내려왔을 가능성이 높다. 아마 송이현 단장이 부탁했을 게다. 그리고 송이현 단장은 꼼꼼한 성격이다. 백철기는 물론이고, 백철기의 직계가족까지 이미 신원 보호를 위해서 경찰 인력이 배치됐을 것이다. 송이현 단장, 그 정도 힘은 있는 사람이거든."

이용운의 설명을 들은 박건이 비로소 안도의 한숨을 내쉬었을 때였다.

"송이현 단장이 일을 잘해줬으니까, 선물을 줘야겠다.

이용운이 불쑥 말했다.

"무슨 선물요?"

"'독한 야구'에서 일처리를 아주 잘했다고 칭찬해 줘야지."

지금까지 '독한 야구' 방송을 진행하면서 이용운이 송이현 단장을 칭찬한 적은 한 차례도 없었다.

한결같이 비난을 쏟아냈었다.

그런 그가 '독한 야구'에서 송이현 단장을 처음으로 칭찬해 준다면 기뻐할 공산이 크다고 박건이 판단했을 때였다.

"그리고 엑스맨들을 한꺼번에 처리할 방법을 알려줄 것이다."

"엑스맨이 아니라… 엑스맨들?"

박건이 두 눈을 빛냈다.

앤서니 쉴즈, 그리고 백선형.

전 4번 타자와 현 4번 타자인 두 선수가 청우 로열스에서 암약하고 있는 엑스맨이라고 이용운은 지목했었다.

그리고 이용운은 두 엑스맨들을 한꺼번에 처리할 방법을 알려줄 거라고 공언했다.

'그 방법이 대체 뭘까? 아니, 과연 방법이 있긴 할까?'

호기심을 품었던 박건이 고개를 흔들어 상념을 떨쳐냈다.

그것을 확인한 이용운이 물었다.

"어떤 방법인지 안 궁금해?"

"별로요."

"왜?"

"지금 그게 중요한 게 아닌 것 같아서요."

박건이 한숨을 내쉬며 덧붙였다.

"대체 야구는 언제 합니까?"

제7장

청우 로열스 VS 한성 비글스.

양 팀의 3연전 첫 경기를 앞두고 한창기 감독이 선발 라인업을 발표했다.

〈청우 로열스 선발 라인업〉

1. 고동수
2. 박건
3. 양훈정
4. 백선형
5. 이필교
6. 임건우
7. 구창명

8. 김천수

9. 앤서니 쉴즈

Pitcher. 조원권

선발투수가 라이언 벤슨에서 조원권으로 바뀐 것을 제외하면 삼산 치타스와의 대결과 라인업에 포함된 선수 면면은 달라지지 않았다.

그렇지만 타순에는 또다시 변화가 있었다.

"앤서니 쉴즈가… 9번 타자로 나선다?"

지난 경기에서 처음으로 7번 타순에 포진됐던 앤서니 쉴즈는 원래 타순이었던 4번 타순으로 복귀하지 못했다.

오히려 9번 타순으로 밀려났다.

'나쁘지 않아.'

박건이 이렇게 판단하며 맞은편 더그아웃 쪽으로 시선을 던졌다.

그런 박건의 눈에 양두호 감독이 들어왔다.

박건이 양두호 감독에게서 시선을 떼지 못하고 있을 때였다.

"왜? 승부욕이 막 끓어오르나 보지?"

"뭔가 보여주고 싶긴 하네요."

"날 버렸던 건 실수다. 이걸 증명하고 싶은 거지?"

"맞습니다."

박건이 순순히 대답했다.

청우 로열스와 한성 비글스의 3연전.

정규시즌 동안 치러지는 수많은 경기 중 한 경기에 불과했다.

그렇지만 한성 비글스와의 3연전은 박건에게 무척 특별하게 다가왔다.

아까 이용운의 말처럼 날 버렸던 것이 실수라는 것을 양두호 감독에게 증명해 보이고 싶었기 때문이었다.

“판은 잘 마련됐네.”

그때, 이용운이 말했다.

“무슨 뜻입니까?”

“청우 로열스가 스윕을 거두면 한성 비글스와 순위가 바뀌거든.”

현재 청우 로열스는 리그 9위, 한성 비글스는 8위였다.

양 팀의 경기 차는 두 경기.

만약 청우 로열스가 이번 3연전에서 스윕을 거두면 한성 비글스를 밀어내고 리그 8위로 올라설 수 있었다.

“후배가 맹활약해서 청우 로열스가 스윕을 거두면, 후배를 버렸던 한성 비글스와 양두호 감독에게 가장 완벽한 복수가 되지 않겠느냐?”

이용운이 덧붙인 말을 들은 박건이 두 눈을 빛냈다.

“후회하게 만들어주고 싶네요.”

박건이 각오를 다지며 대답했다.

* * *

조원권 VS 김태하.

양 팀의 3연전 첫 경기는 4선발들의 맞대결이었다.

1회 초 청우 로열스의 공격.

"볼."

"볼."

1번 타자 고동수는 타석에서 서두르지 않았다.

김태하가 던진 유인구들을 잘 참아내며 유리한 볼카운트를 만들었다.

그리고 3구째.

슈아악.

김태하가 스트라이크를 넣기 위해서 바깥쪽 직구를 던졌을 때, 고동수가 번트 자세를 취했다.

틱. 데구르르.

기습번트 타구는 3루 선상을 타고 굴러갔다.

한성 비글스의 3루수인 김대희가 빠르게 앞으로 대시했지만, 그는 번트 타구를 잡지 않았다.

1루로 송구해서 고동수를 아웃시키기에 타이밍이 늦었다고 판단했기 때문이었다.

대신 김대희는 천천히 굴러가는 번트 타구를 지켜보았다.

타구가 라인을 벗어나며 파울이 되기를 바라고 취한 대처.

그렇지만 고동수의 번트 타구는 라인 선상 안쪽에서 멈춰 섰다.

"잘한다."

박건이 감탄했다.

"김태하는 신인 투수다. 초반에 흔들어라."

전력 분석 회의 도중에 나왔던 코칭스태프들의 의견이었다. 그리고 고동수는 첫 타석부터 기습번트를 성공시키며 김태하를 당혹스럽게 만들었다.

무사 1루 상황에서 박건이 타석으로 들어섰다.

"볼."

"볼."

박건 역시 두 개의 유인구를 잘 참아냈다.

슈악.

3구째 공을 던지기 전, 김태하가 1루로 견제구를 던졌다.

고동수의 빠른 발을 의식했기 때문이었다.

"왜 안 묻냐?"

그때, 이용운이 물었다.

"뭘 말입니까?"

"어떤 구종을 던질지 묻질 않았잖아?"

박건이 대답했다.

"알거든요."

슈아악.

김태하가 던진 3구째 공을 바라보던 박건이 두 눈을 빛냈다.

'바깥쪽 직구!'

예상이 적중한 순간, 박건이 힘껏 배트를 휘둘렀다.

따악.

3루수의 키를 훌쩍 넘긴 타구는 라인 선상 안쪽에 떨어졌다.

좌익수가 펜스 앞에서 타구를 잡아낸 순간, 고동수는 이미 3루 베이스 근처에 도달해 있었다.

잠시 갈등하던 3루 주루코치가 팔을 힘껏 돌렸다.

중계플레이를 거친 송구가 포수 조연성에게 도착한 것과 고동수가 헤드퍼스트슬라이딩을 감행한 것은 거의 동시였다.

'박빙의 승부.'

2루 베이스를 통과한 박건이 홈에서 펼쳐지는 승부를 힐끗 살폈다.

'아웃 타이밍!'

중계플레이가 워낙 깔끔했기 때문에 아웃이 될 확률이 높다고 판단하면서 박건이 3루까지 내달렸다.

슬라이딩을 하며 3루에 도착한 박건이 바로 홈플레이트 쪽으로 고개를 돌렸다.

"어떻게 됐습니까?"

"보다시피… 세이프다."

박건의 눈에 가로로 양팔을 벌리는 주심의 모습이 들어왔다. 그리고 바닥에 떨어져 구르는 공의 모습도.

'포구에 실패해서 세이프가 됐구나.'

아까 힐끗 살폈을 때, 분명히 아웃 타이밍이었다. 그런데 포수가 송구를 포구하는 데 실패한 덕분에 홈승부가 세이프가 된 것이었다.

'운이 좋았어.'

선취점을 올린 것이 운이 좋았다고 판단한 순간이었다.

"운은 오래가지 않는다."

이용운이 덧붙였다.

"청우 로열스의 불안 요소가 드러난 장면이었다."

*　*　*

"정상적이라면 3루에서 멈춰 세웠어야 했다."

이용운의 말이 옳았다.

박건이 때린 타구의 속도는 빨랐다. 게다가 한성 비글스 좌익수인 민경상은 어깨가 강한 편이었다.

고동수의 발이 무척 빠른 편이긴 하나, 주루코치가 3루에서 멈춰 세우는 것이 맞았다.

그렇지만 3루 주루코치는 과감한 홈승부를 지시했다.

결과적으로 박빙의 홈승부에서 고동수는 세이프 판정을 받았지만, 이번에는 운이 좋았던 셈이었다.

"그런데 왜 3루에서 멈춰 세우지 않았을까?"

"고동수의 빠른 발을 믿었기 때문이 아닐까요?"

"아니다. 3루에서 고동수를 멈춰 세우면 득점을 올릴 확률이 무척 낮아진다는 것을 코칭스태프들이 알고 있기 때문이었다."

"……?"

"만약 고동수가 3루에서 멈췄다면, 무사 2, 3루가 된다. 1루가 비어 있는 상황이니, 김태하는 양훈정과의 승부를 피할 것이다. 무사만루 상황에서 타석에 들어서는 것은 4번 타자인 백선형과 5번 타자인 이필교. 다행히 앤서니 쉴즈가 4번 타순에 포진되지는 않았지만, 백선형도 도긴개긴인 상황이다. 무사만루 상황이라고 해도 득점을 올릴 수 있다고 장담할 수 없지. 이것이 3루 주루코치가 무리라는 것을 알면서도 고동수에게 홈승부를 지시했던 이유지. 그리고 찬스에서 해결해 줄 수 있는 확실한 4번 타자가 없다는 청우 로열스의 약점이 드러난 장면이기도 하지."

이용운의 설명이 끝난 순간, 타석에 3번 타자 양훈정이 들어섰다.

슈악.

따악.

그리고 양훈정은 김태하의 초구를 노려서 외야플라이를 만들어냈다.

태그업을 시도한 박건이 홈에서 슬라이딩을 할 필요도 없을 정도로 깊은 외야플라이.

2—0.

청우 로열스가 두 번째 득점을 올린 순간, 이용운이 평가했다.

"1번부터 3번까지는 KBO 리그 최고 수준이다. 그렇지만 문제는 4번과 5번 타순이다."

* * *

4번 타자 백선형은 헛스윙 삼진, 5번 타자 이필교는 내야땅볼.

무기력하게 물러나면서 경기 초반에 2실점을 허용하면서 흔들리던 김태하를 도왔다.

반면 한성 비글스의 4번 타자인 릭 스미스는 달랐다.

1회 말, 2사 1루 상황에서 타석에 들어선 릭 스미스는 조원권의 슬라이더를 통타해서 동점 투런홈런을 터뜨렸다.

2—2.

동점 상황에서 한성 비글스의 2회 초 공격이 시작됐다.

첫 타자는 8번 타자 김천수.

김천수는 유격수와 3루수 사이를 꿰뚫는 우전안타를 때리며 출루에 성공했다.

무사 1루 상황에서 타석에 들어선 것은 9번 타자 앤서니 쉴즈였다.

KBO 리그 진출 후 처음으로 9번 타순에 포진된 것으로 인해 자존심이 상한 걸까.

앤서니 쉴즈의 표정은 딱딱하게 굳어져 있었다.

또, 타석에서 뭔가 보여주겠다는 비장함이 두 눈에 깃들어 있었다. 그러나 야구는 의지만으로 되는 것이 아니었다.

슈악!

딱.

앤서니 쉴즈가 김태하의 초구를 성급하게 공략했다가, 내야플라이로 허무하게 물러난 순간이었다.

"총체적인 난국이란 표현이 딱 어울리는 상황입니다. 청우 로열스의 타선은 계속 맥이 끊기고 있습니다. 전 4번 타자와 현 4번 타자가 나란히 삽질을 하고 있는데, 공격의 흐름이 매끄러울 수가 없죠."

이용운이 무척 오래간만에 해설을 시작하는 것을 들은 박건이 의아한 표정으로 물었다.

"왜 오늘은 해설을 하세요?"

"어지간하면 참으려고 했는데 도저히 참을 수가 없어서 해설을 시작했다. 깔 게 너무 많거든."

박건이 쓴웃음을 지었을 때, 이용운이 해설을 이어나갔다.

"그나마 불행 중 다행인 점은 앤서니 쉴즈가 병살타를 때리지 않고 혼자 죽었다는 겁니다. 덕분에 누상에 주자가 있는 상황에서 상위타선으로 연결이 됐으니까요. 그런데 조금, 아니, 많이 슬프지 않습니까? 외국인 타자인 앤서슨 쉴즈에게 홈런이나 안타를 기대하는 게 아니라, 병살타를 때리지 않고 혼자 죽은 것을 다행이라고 표현해야 하는 이런 상황 말입니다. 어쨌든 청우 로열스에게는 다시 기회가 찾아왔습니다. 신인이라 경험이 많지 않은 선발투수 김태하를 경기 초반에 무너뜨린다면 오늘 경기는 쉽게 가져갈 확률이 높습니다. 그러나 한 가지 간과해서는 안 될 부분이 있습니다. 현 4번 타자인 백선형의 타석이 돌아오기 전에 승부를 봐야 한다는 겁니다."

'옳은 분석이네.'

박건이 속으로 이렇게 판단했을 때였다.

"볼넷."

고동수가 유인구를 참아내며 볼넷을 얻어냈다.

1사 1, 2루 찬스에서 타석에 들어선 박건이 조금 전까지 자신이 서 있었던 대기타석 쪽을 힐끗 바라보았다.

"찬스를 연결해 주는 게 좋지 않을까?"

대기타석에 서 있는 3번 타자 양훈정의 최근 타격감은 무척 좋은 편이었다.

또, 타점을 생산해 내는 능력은 발군이었고.

그래서 박건이 막 혼잣말을 꺼냈을 때였다.

"강한 2번 타자."

이용운이 불쑥 말했다.

'강한 2번 타자라.'

이미 강한 2번 타자 이론에 대해서 설명을 들은 후였다.

그래서 박건이 그 말을 속으로 되뇔 때, 이용운이 덧붙였다.

"그리고 복수를 남의 손에 맡겨서는 안 되지."

* * *

양훈정의 최근 타격감이 무척 좋다는 사실.

마운드에 서 있는 김태하도 잘 알고 있었다.

그래서일까.

김태하는 박건이 타석에 들어서기 직전, 대기타석으로 들어선 양훈정을 힐끗 살폈다.

"무조건 승부 할 거야."

박건과의 승부를 거르고 1사 만루 상황에서 양훈정을 상대하는 것.

자살행위나 다름없을 정도로 위험한 선택이라는 것을 김태하와 한성 비글스 벤치가 모를 리 없었다.

그래서 박건이 타석에서 집중하기 시작했을 때였다.

"또 안 묻는다?"

이용운이 말했다.

"어떤 공을 노려야 할지 알거든요."

박건이 대답했다.

"진짜 알아?"

"네. 실투를 노릴 겁니다."

박건이 대답하자, 이용운이 다시 물었다.

"왜 실투가 들어올 거라 생각하지?"

"김태하가 심리적으로 궁지에 몰렸으니까요."

야수로 전향하기 전까지 박건도 투수였다. 그래서 투수의 심리에 대해서는 박건도 잘 알고 있었다.

1회에 이어서 2회에도 위기에 몰린 데다가, 박건과 양훈정은 최근 절정의 타격감을 자랑하고 있었다.

산 너머 산이라는 표현이 딱 어울리는 상황.

이럴 때일수록 하나씩 풀어가야 했다.

즉, 양훈정과의 승부는 생각하지 말고 현재 타석에 들어서 있는 박건을 상대하는 데 집중해야 했다.

경험이 풍부한 투수라면 그렇게 할 수 있으리라.

그러나 경험이 부족한 신인급 투수인 김태하에게는 어려운 일이었다.

박건과의 승부에 오롯이 집중하지 못하고, 바로 뒤에 이어질 양훈정과의 승부에 신경이 쓰일 터였다.

이것이 김태하가 실투를 던질 확률이 높다고 판단한 이유.

"만약 실투를 안 던지면?"

그때, 이용운이 다시 물었다.

"다른 방법을 사용해야죠."

"어떤 방법?"

"실투를 던지게 만들어야죠."

박건이 대답한 순간, 김태하가 셋 포지션 동작에 들어갔다.

슈악.

김태하가 선택한 초구는 슬라이더.

홈플레이트를 통과하기 직전, 오른손 타자의 바깥쪽으로 휘어져 나가는 슬라이더의 각은 예리했다.

그렇지만 박건은 배트를 내밀지 않고 참아냈다.

그리고 2구째.

슈악.

김태하는 2구도 슬라이더를 선택했다. 그러나 너무 힘이 들어간 탓에, 홈플레이트를 통과하기도 전에 각이 꺾였다.

원바운드로 들어온 공을 확인한 조연성이 블로킹을 시도했다. 그러나 앞쪽으로 떨어뜨리는 데 실패했다.

퍽. 데구르르.

포수의 왼쪽으로 공이 튄 것을 확인한 루상의 주자들이 빠르게 움직였다.

조연성이 무릎을 꿇은 채 3루로 송구했지만, 헤드퍼스트슬라이딩을 시도한 김천수의 손이 베이스에 닿는 것이 조금 더 빨랐다.

'상황이 바뀌었다.'

그 순간, 박건이 두 눈을 빛냈다.

1사 1, 2루에서 1사 2, 3루로.

김태하의 폭투가 나오면서 더 좋은 득점 찬스가 만들어져 있었다.

'승부 할 거야.'

1루가 비어 있는 상황이었지만, 박건은 김태하가 무조건 자신과 승부를 할 거라고 판단했다.

아직은 경기 초반인 만큼, 루상의 주자를 더 늘리는 것은 김태하에게도 부담이 될 것이었기 때문이었다.

'지금!'

박건이 배트를 고쳐 쥐었다.

2볼 노 스트라이크.

타자에게 유리한 볼카운트였다.

박건과 승부를 해야 하는 김태하 입장에서는 3구째에 꼭 스트라이크를 던져 넣어야 했다. 그래서 실투가 들어올 확률이 한층 더 높아졌다고 판단한 것이었다.

그때, 김태하가 이를 악문 채 셋 포지션 투구를 했다.

슈아악.

김태하의 손을 떠난 공을 확인한 박건이 두 눈을 빛냈다.

'한가운데 직구!'

원래 김태하의 의도는 바깥쪽 꽉 찬 코스의 직구를 던지는 것이었으리라.

그러나 심적 부담을 이기지 못한 김태하의 제구는 뜻대로 되지 않았다.

기다리고 있었던 실투가 들어온 순간, 박건이 힘껏 배트를 휘둘렀다.

따악.

묵직한 타격음과 함께 타구가 멀리 뻗어나갔다.

천천히 1루 베이스를 향해 달려가며 박건이 타구의 궤적을 눈으로 쫓았다. 그리고 펜스를 살짝 넘기고 떨어지는 타구를 확인하자마자, 박건이 한성 비글스 더그아웃 쪽으로 고개를 돌렸다.

눌러쓰고 있던 모자를 벗어서 바닥에 내던지는 양두호 감독을 확인한 박건이 희미한 웃음을 머금었다.

* * *

1차전 7—4.

2차전 9—7.

3차전 1—0.

청우 로열스와 한성 비글스의 3연전 결과였다.

청우 로열스는 한성 비글스를 상대로 스윕을 거두면서 리그 8위로 한 단계 순위를 끌어올리는 데 성공했다.

그중 1차전과 3차전의 결승타점을 올린 주인공은 박건이었다.

〈친정 팀에 비수를 꽂은 박건의 맹활약, 청우 로열스를 8위로 올라서게 만들다〉

박건이 환한 미소를 지은 채 기사 내용을 살피고 있을 때, 이용운이 물었다.

"이제 속이 시원하냐?"

"복수에 성공해서 좋긴 한데……."

"그런데?"

"좀 미안하긴 하네요."

박건이 대답하자, 이용운이 다시 물었다.

"누구한테 미안한데?"

"양두호 감독님요. 제가 친정 팀을 상대로 비수를 꽂은 바람에 양감독님 입장이 난처해졌거든요."

지난 3연전에서만 박건이 활약을 펼친 것이 아니었다.

한성 비글스에서 방출되자마자 청우 로열스로 팀을 옮긴 박건은 주전 자리를 꿰차는 데 성공했다.

또, 꾸준히 좋은 활약을 펼치며 청우 로열스 상승세의 견인차 역할을 하고 있었다.

그로 인해 박건을 웨이버공시 하기로 결정을 내린 양두호 감독에 대한 비난 여론이 거세진 상황이었다.

그때, 이용운이 말했다.

"잊지 마라. 양두호 감독 때문에 1군에 올라가지 못했다는 사실을. 그리고 미안해할 필요 없다. 후배의 잠재력을 알아보지 못했던 양두호 감독의 실수였으니까."

따끔하게 충고한 이용운이 넌지시 말했다.

"오늘은 녹음해야지?"

이용운의 목소리에 초조함이 묻어나는 것을 알아챈 박건이 희미한 웃음을 머금었다.

"한성 비글스와의 3연전에 집중하고 싶습니다."

박건은 한성 비글스와의 3연전에 오롯이 집중하기 위해서 '독한 야구' 녹음을 미루자고 부탁했다. 그래서 사흘간 '독한 야구'

는 방송되지 못했고, 그로 인해 청취자가 줄어들 것을 이용운은 걱정하고 있는 것이었다.

'알겠습니다.'라고 순순히 대답하려 했던 박건이 도중에 마음을 바꾸었다.

박건과 이용운의 관계.

이용운은 '영혼의 파트너'라고 표현했다.

그렇지만 박건의 생각은 달랐다.

수익을 일정 비율로 배분하기 시작한 이상, '동업자'라고 표현하는 게 더 맞다는 생각을 갖고 있었다.

그러나 단순히 동업자라고 하기에는 이용운의 입김이 너무 셌다.

물론 동업자인 이용운이 도움이 되지 않는 것은 아니었다.

여러 방면에서 박건은 이용운의 도움을 받고 있었다.

'너무 끌려다니는 게 아닐까?'

그럼에도 불구하고 이용운에게 너무 끌려다닌다는 느낌을 지울 수 없었다.

기 싸움이라고 표현하면 될까.

박건은 좀 더 상황의 주도권을 쥐고 싶었다.

"다음에 할까요?"

그래서 박건이 넌지시 말하자, 이용운이 당황한 목소리로 물었다.

"왜 다음에 녹음하자는 거지?"

"좀 피곤해서요."

"한 게 뭐가 있다고 피곤해?"

"제가 스윕을 이끌었습니다."

"한 게 없다는 말은 취소하마. 어쨌든 약속은 지켜야지."

"어차피 듣는 사람도 별로 없잖아요? 기다리는 사람도 없을 것 같은데."

박건이 넌지시 말하자, 이용운이 정색한 목소리로 말했다.

"목 빼고 기다리는 사람들 많다."

"누구요?"

"송이현 단장, 그리고 제임스 윤."

이용운이 덧붙였다.

"지금쯤 '독한 야구' 기다리느라 안달이 났을걸."

* * *

"설마… 계속 안 올라오는 건 아니겠죠?"

팟 캐스트 방송 '독한 야구'의 업데이트 상황을 다시 확인한 후, 송이현이 눈살을 찌푸렸다.

벌써 사흘째 '독한 야구'가 업데이트되지 않았기 때문이었다.

"설마요."

제임스 윤도 초조한 기색을 감추지 못한 채 입을 뗐다.

"왜 안 올라오는 걸까요?"

"혹시… 삐친 게 아닐까요?"

"누가 삐쳐요?"

"'독한 야구' 진행자 말입니다."

"삐칠 이유가 뭐가 있어요?"

송이현이 고개를 갸웃한 순간, 제임스 윤이 지적했다.

"고정 청취자 수를 확인해 보십시오."

"대략 오백 명쯤 되네요. 나와 제임스 윤 말고도 오백 명 가까이 '독한 야구'를 듣고 있다는 거잖아요. 이 정도면 인기 많은 것 아닌가요?"

"인기 없습니다."

"네?"

"성공한 팟 캐스트 방송의 경우 고정 청취자 수가 최소 수만 명입니다. 일부의 경우는 백만 명이 넘어가는 경우도 있고요."

"그렇게나 많아요?"

송이현이 놀랐을 때, 제임스 윤이 덧붙였다.

"'독한 야구'의 퀄리티와 재미에 비해서 청취자 수가 너무 적은 편입니다. 그로 인해 상심한 탓에 '독한 야구' 진행자가 방송을 중단하는 결정을 내렸을 수도 있다는 우려가 듭니다."

그 이야기를 들은 송이현의 표정이 딱딱하게 굳어졌다.

'독한 야구'가 더 이상 업데이트되지 않을 수도 있다는 이야기를 들은 순간, 중요한 사람을 잃은 것과 비슷한 느낌이 들었기 때문이었다.

'내가 이렇게 의존했던 건가?'

새삼 '독한 야구'에 많이 의존했다는 사실을 깨달은 순간, 송이현이 미안한 표정을 지었다.

그동안 팟 캐스트 방송 '독한 야구'를 통해 많은 것을 배웠다. 그 배움 덕분에 청우 로열스 구단을 운영하는 데 도움도 받았었고.

그런데 정작 송이현은 받기만 했던 셈이었다.

'기브 앤 테이크.'

송이현이 알고 있는 세상의 원리.

그런데 받기만 하고 주는 건 없었다.

'삐칠 만하네. 그리고 내가 잘못했네.'

송이현이 자책하며 생각했다.

'홍보를 할 수 있는 방법을 찾아봐야겠네. 그런데 너무 늦은 게 아닐까?'

그때, 제임스 윤이 소리쳤다.

"새로 올라왔습니다."

* * *

"팟 캐스트 방송 '독한 야구'는 선수, 감독, 심지어 팬들까지 모두 독하게 까는 해설 방송입니다. 심장이 약한 분들과 임산부와 노약자는 가능한 청취를 금해주시기 바라며, 하루에 딱 한 경기만 집중해서 해부하는 '독한 야구', 지금부터 시작하겠습니다."

새로 업데이트된 '독한 야구' 진행자의 고정 멘트를 들으며 송이현이 무척 반갑다는 생각을 했을 때였다.

"평소랑 좀 다른 것 같지 않습니까?"

제임스 윤의 질문을 들은 송이현이 고개를 끄덕였다.

확실히 진행자의 목소리가 풀이 좀 죽은 느낌이었다.

'홍보를 할 방법을 찾아봐야겠어.'

송이현이 재차 각오를 다졌을 때, 멘트가 이어졌다.

"며칠 휴방한 관계로 오늘은 할 이야기가 더 많습니다. 그래도 청우 로열스와 한성 비글스의 3연전에 관한 이야기를 빼먹을 순 없겠죠? 이번 3연전 관전평을 한마디로 요약하면 '박건 시리즈'였습니다. 박건이 친정 팀이었던 한성 비글스의 심장에 비수를 아프게 꽂아 넣었죠. 관전평은 이쯤 할까요?"

촌철살인이란 표현이 어울릴 정도로 짧지만 정확한 관전평이었다.

이번 3연전은 박건으로 시작해서 박건으로 끝났으니까.

'서운할 수도 있겠네.'

잠시 후, 송이현이 떠올린 생각이었다.

만약 박건이 '독한 야구'를 듣는다면?

대단한 활약상에 비해서 너무 짧은 소개로 인해 서운해할 수도 있다는 생각이 퍼뜩 들었기 때문이었다.

그러나 송이현은 이내 고개를 흔들어 상념을 털어냈다.

지금 이게 중요한 게 아니었기 때문이었다.

"칭찬은 짧게 하고 제 본업인 독설로 돌아가겠습니다. 한성 비글스를 상대로 스윕을 거두며 청우 로열스는 리그 8위로 올라섰습니다. 그러나 아직 샴페인을 터뜨릴 때는 아닙니다. 너무 이르거든요. 청우 로열스가 스윕을 거둔 것, 청우 로열스가 잘해서가 아닙니다. 한성 비글스가 워낙 못했기 때문에 어부지리로 스윕을 거둔 셈이었습니다. 이번 3연전을 치르는 동안 어김없이 여러 약점을 드러낸 청우 로열스였는데, 그 약점들을 일일이 다 소개하려면 방송 시간을 맞추지 못할 게 뻔합니다. 그래서 가장 도드라졌던 약점과 그 약점을 해결할 수 있는 방법만 말씀드리겠습니다."

송이현이 생긋 웃었다.

역시 '독한 야구' 진행자는 독설을 해야 어울린다는 생각이 들어서였다.

"지난 방송에서 청우 로열스에서 암약하고 있는 엑스맨 리스트를 공개했었죠? 바로 앤서니 쉴즈와 백선형 선수였습니다. 그리고 이 두 엑스맨들은 이번 3연전에서도 자신이 엑스맨이라는 사실을 증명했습니다. 12타수 2안타, 14타수 3안타. 3연전 동안 두 선수가 타석에서 남긴 기록이었습니다. 쉽게 말해 전 4번 타자와 현 4번 타자가 청우 로열스의 도드라진 약점입니다. 그리고 이 약점을 해결할 방법을 지금부터 알려 드리겠습니다."

'어떤 방법일까?'

송이현이 귀를 쫑긋 세웠을 때였다.

"제임스 윤, 듣고 있죠?"

'독한 야구' 진행자가 예고 없이 제임스 윤을 언급했다.

"내가 듣고 있다는 걸… 어떻게 알았을까요?"

제임스 윤이 당황한 기색을 드러냈을 때, '독한 야구' 진행자의 멘트가 이어졌다.

"지금 당장 청우 로열스의 전 4번 타자 앤서니 쉴즈를 찾아가서 말하세요. 빨리 짐 싸서 청우 로열스를 떠나라고."

* * *

청우 로열스와 대승 원더스의 3연전.

청우 로열스 입장에서는 무척 중요한 대결이었다.

5승 1패.

청우 로열스는 상승세를 타며 리그 순위를 8위까지 끌어올렸지만, 5승 1패를 거두는 과정에서 상대했던 팀인 삼산 치타스와 한성 비글스는 하위권에 처져 있는 약체 팀이었다.

반면 대승 원더스는 리그 선두를 달리고 있는 강팀.

청우 로열스 입장에서는 진정한 시험대 위에 선 셈이었다.

*　　　　*　　　　*

경기 전 타격 훈련.

박건이 타격 케이지에 들어가 있는 앤서니 쉴즈를 유심히 살폈다.

"별로 달라진 게 없는 것 같은데요."

잠시 후, 박건이 말하자 이용운이 입을 뗐다.

"달라졌다."

"타격폼이 달라졌다고요?"

"아니, 눈빛이."

'눈빛이 달라졌다고?'

박건이 다시 앤서니 쉴즈를 살폈다.

잠시 후, 박건이 두 눈을 빛냈다.

이용운의 지적처럼 앤서니 쉴즈의 눈빛이 바뀌어 있었다.

좀 더 진지해졌달까.

그리고 훈련에 임하는 태도도 이전과 달리 진지했다.

"이렇게 바뀐 걸 확인하고 나니, 제임스 윤이 앤서니 쉴즈에게 무슨 말을 어떻게 했는지 궁금하네요."

"알려줄까?"

"어떻게 아세요?"

"무슨 말을 했을지 충분히 짐작할 수 있지."

이용운이 덧붙였다.

"아마 이렇게 말했을 거다."

"어떻게요?"

"청우 로열스에서 받은 80만 달러가 네 은퇴 후 자금이 될 거라고."

"은퇴 후 자금이요?"

"야구를 그만두고 새로운 인생을 살려면 은퇴자금이 필요할 것 아니냐?"

이용운의 이야기를 듣던 박건이 고개를 갸웃했다.

"왜 앤서니 쉴즈가 야구를 그만둡니까?"

"뛸 곳이 없으니까."

"……?"

"수준이 한참 떨어지는 KBO 리그에서도 삽질만 하다가 돌아온 선수를 받아줄 구단이 과연 있을까?"

"그렇지만……."

"앤서니 쉴즈는 그 말을 믿었을 것이다. 다른 사람들의 말은 무시해도 제임스 윤의 말에는 귀를 기울이거든. 그래서 위기감을 느낀 것이고."

박건이 천천히 고개를 끄덕였을 때였다.

"오늘 타순에 큰 변화가 있을 것이다."

이용운이 화제를 돌렸다.

"그럼 제 타순도 바뀝니까?"

박건이 질문하자, 이용운이 대답했다.

"후배는 4번 타자로 나설 확률이 높다."

* * *

청우 로열스 감독실로 찾아온 제임스 윤에게 한창기가 손수 탄 믹스커피를 건넸다.

"감사합니다."

커피 알갱이가 둥둥 떠다니고 있었지만, 제임스 윤은 아랑곳하지 않고 믹스커피가 든 잔을 입으로 가져갔다.

"맛이 괜찮네요."

환하게 웃는 제임스 윤을 한창기가 신기하게 바라보았다.

외국 물을 오래 먹어서일까.

제임스 윤의 외모는 깔끔하게 세련된 편이었다.

스테이크만 먹고 직접 내린 핸드드립커피만 마실 것 같은 느낌이랄까.

그렇지만 의외로 먹는 것이나 마시는 것에 그리 까다로운 편은 아니었다.

'겉모습만 보고 사람을 판단하면 안 돼.'

이렇게 생각하며 한창기가 입을 뗐다.

"무슨 일로 날 만나고 싶다고 청했습니까?"

"앤서니 쉴즈 문제로 상의드릴 일이 있습니다."

"정확히 용건이 뭡니까?"

"앤서니 쉴즈를 한동안 선발 라인업에서 제외해 주십시오."

'드디어 교체 결정을 내린 건가?'

외국인 타자인 앤서니 쉴즈의 부진은 심각한 수준이었다.

'KBO 리그에 적응하고 나면 나아지겠지.'

이런 기대를 갖고 한창기는 앤서니 쉴즈에게 시간과 기회를 충분히 주었다. 그렇지만 시즌이 중반에 접어들었음에도 앤서니 쉴즈는 부진에서 벗어나지 못했고, 한창기의 인내심도 바닥이 난 상태였다.

"외국인 타자를 교체해 주십시오."

그래서 한창기는 송이현 단장에게 정식으로 시즌 중 외국인 타자 교체를 요청했었다.

당시 송이현 단장은 난색을 표했었는데.

"일단 2군으로 내릴까요?"

마침내 송이현 단장이 외국인 타자를 교체하는 쪽으로 결단을 내렸다고 판단한 한창기가 입을 뗐다.

어차피 앤서니 쉴즈를 교체할 거라면, 1군 엔트리를 허비하는 것이 마음에 들지 않았기 때문이었다.

"그건 안 됩니다."

그렇지만 제임스 윤은 앤서니 쉴즈를 2군으로 내리겠다는 한창기의 말에 반대 의사를 분명히 했다.

"왜 안 된다는 겁니까?"

"머잖아 선발 라인업에 복귀해야 하니까요."

"네?"

"계약금과 연봉을 포함해서 80만 달러나 준 외국인 타자를 오래 쉬게 할 수는 없는 것 아닙니까?"

제임스 윤은 당연하다는 듯이 말했다.

그제야 한창기는 자신이 단단히 착각했다는 사실을 알아챘다.

"앤서니 쉴즈를 교체하는 게 아닙니까?"

"아닙니다. 지금 시점에 실력이 괜찮은 외국인 선수를 구하는 것, 하늘의 별 따기나 마찬가지라는 사실을 감독님도 아시지 않습니까?"

"그건 나도 알지만……."

"그래서 앤서니 쉴즈를 고쳐 쓰자는 것으로 단장님과 의견을 모았습니다."

제임스 윤이 덧붙인 이야기를 들은 한창기가 미간을 찡그렸다.

"운영자금을 아끼겠다는 뜻이로군요."

"그것도 이런 결정을 내린 이유 중 하나라는 걸 부인하지 않겠습니다."

"그럼… 올 시즌을 포기한 겁니까?"

한창기가 살짝 언성을 높였다.

앤서니 쉴즈의 부진은 무척 깊었다.

'과연 고쳐 쓸 수 있을까?'

이 질문에 대한 한창기의 답은 '노'였다.

그럼 남은 가능성은 하나였다.

앤서니 쉴즈에게 좀 더 기회를 주고도 부진에서 벗어나지 못하면, 외국인 타자 없이 시즌을 치르는 것이었다.

장타력을 갖춘 외국인 타자의 활약.

팀의 성적을 좌지우지하는 중요한 요인 중 하나였다. 그런데 외국인 타자 없이 남은 시즌을 치르겠다는 것은 올 시즌을 포기하는 것과 마찬가지라고 한창기는 판단한 것이었다.

'벌써 포기하기에는 너무 일러.'

한창기가 한숨을 내쉬었다.

시즌 도중에 박건과 임건우가 새롭게 팀에 합류한 후, 청우 로열스는 서서히 상승세를 타고 있었다.

리그 최하위였던 순위가 8위까지 치솟은 상황.

여전히 불안 요소들은 많았지만, 시즌을 좀 더 치르면서 약점들을 보완한다면 가을야구에 진출하는 건 가능할 수도 있다는 희망을 한창기는 갖고 있었다.

그런데 프런트에서 미리 올 시즌을 포기하는 듯한 분위기를 풍기는 것이 못내 아쉬운 것이었다.

"반대입니다."

그때, 제임스 윤이 대답했다.

"올 시즌을 포기하지 않았기 때문에 앤서니 쉴즈를 고쳐 쓰려고 하는 겁니다."

프런트의 일원인 제임스 윤은 올 시즌을 포기한 것이 아니라고 부인했다. 그렇지만 한창기는 순순히 그 말을 믿기 어려웠다.

"과연 앤서니 쉴즈를 고쳐 쓸 수 있을까요?"

"앤서니 쉴즈의 영입을 결정한 것, 저였습니다. 그래서 제가 책임지고 고쳐 쓸 수 있는 상태로 바꿔놓겠습니다. 감독님께 부탁드리는 건 앤서니 쉴즈를 바꾸는 작업을 하는 동안 라인업에서 배제시킨 채 경기를 치러주십사 하는 겁니다."

한창기가 천천히 고개를 끄덕였다.

아주 어려운 부탁은 아니었다.

앤서니 쉴즈는 계속 부진한 모습을 보인 만큼, 그를 라인업에서 배제한다고 해서 팀 전력에 커다란 누수가 생기는 것이 아니었기 때문이었다.

"알겠습니다."

"감사합니다."

제임스 윤이 먼저 떠났다.

감독실에 혼자 남겨진 한창기가 팔짱을 낀 채 선발 라인업에 대해 고민하기 시작했다.

"앤서니 쉴즈를 라인업에서 제외하면 누굴 기용해야 하나? 그리고 타순은 어떻게 바꿔야 하나?"

잠시 후, 한창기가 펜을 들어 선발 라인업에 선수들의 이름을 채워 넣기 시작했다.

* * *

〈청우 로열스 선발 라인업〉

1. 고동수

2. 임건우

3. 양훈정

4. 박건

5. 구창명

6. 김천수

7. 백선형

8. 정수일

9. 이필교

Pitcher. 권수현

경기 전, 발표된 선발 라인업을 확인한 박건이 두 눈을 빛냈다.

"제가 진짜 4번 타순에 포진됐네요."

이용운의 예상대로였다.

기존에 2번 타순에 주로 기용됐던 박건은 4번 타순에 포진됐고, 앤서니 쉴즈가 선발 라인업에서 빠져 있었다.

그게 다가 아니었다.

타순에도 큰 폭의 변화가 있었다.

"한창기 감독이 고심한 흔적이 보이는구나."

타순 변화를 확인한 이용운이 내린 평가였다.

"극단적인 타순을 짰다."

이용운이 덧붙인 말을 들은 박건이 물었다.

"왜 극단적이란 겁니까?"

"하위타순은 버렸으니까."

"……?"

"1번부터 5번 타순에 타격감이 좋은 타자들을 배치했다. 초반에 승부를 보겠다는 의미가 내포돼 있지."

'정말 그런가?'

박건이 재차 타순을 확인할 때, 이용운이 다시 입을 뗐다.

"타순을 이렇게 짠 이상, 후배의 역할이 가장 중요하다."

"……?"

"앤서니 쉴즈와 백선형. 기존에 청우 로열스에서 암약하던 엑스맨들과 후배는 다르다는 것을 보여줘야 한다."

* * *

1회 초 청우 로열스의 공격.

대승 원더스의 선발투수는 정원준이었다.

배원권과 함께 몇 시즌 동안 대승 원더스의 토종 에이스 역할을 맡고 있었던 정원준이었지만, 올 시즌에는 예년보다 부진한 모습을 보이고 있었다.

노쇠화 조짐을 보이며 구속이 떨어졌다는 약점을 드러냈기 때문이었다.

그로 인해 올 시즌 팀의 4선발로 밀려난 정원준의 첫 상대는 고동수였다. 그리고 고동수는 정원준을 상대로 끈질긴 승부를 펼쳤다.

딱.

8구째 승부에서도 고동수가 유인구를 커트해 내는 데 성공하자, 정원준은 답답한 기색을 드러냈다.

그리고 9구째.

슈아악.

정원준은 몸쪽 직구를 던졌다.

따악.

고동수는 마치 기다렸다는 듯이 배트를 휘둘러 1, 2루 간을 꿰뚫는 우전안타를 터뜨렸다.

"올 시즌 정원준이 고전하는 이유가 바로 이 부분이다. 예전에는 직구가 결정구로 통했는데 직구 구속이 떨어진 최근에는 통하지 않거든."

이용운의 분석이 끝났을 때, 이적 후 처음으로 2번 타자 임무를 부여받은 임건우가 타석에 들어섰다. 그리고 임건우는 정원준이 던진 초구를 노렸다.

슈악.

따악.

정원준의 슬라이더를 노려친 임건우의 타구는 유격수와 3루수 사이의 공간을 꿰뚫고 외야로 빠져나갔다.

"독기가 올랐네."

임건우가 타격하는 모습을 지켜본 이용운이 꺼낸 말이었다.

"왜 독기가 올랐다는 겁니까?"

"후배와 같은 이유지."

"네?"

"후배도 친정 팀을 상대할 때 각오가 남다르지 않았느냐?"

이용운의 말대로였다.

박건은 친정 팀이었던 한성 비글스와 상대할 때, 다른 팀과 경기를 할 때보다 더 좋은 활약을 펼쳤었다.

'날 버렸던 것을 후회하게 만들어주자.'

이런 독기를 품고 경기에 임했기에 집중력이 상승했기 때문이었다.

임건우 역시 친정 팀인 대승 원더스를 상대하는 상황.

박건과 마찬가지로 독기를 품고 경기에 임하고 있었다.

그리고 하나 더.

오랫동안 대승 원더스 소속이었기에 임건우가 정원준에 대해서 잘 알고 있다는 것도 승부에 영향을 미쳤다.

초구로 슬라이더를 던질 거란 볼배합을 정확히 읽어낸 게 그 증거였다.

무사 1, 2루 상황에서 3번 타자 양훈정이 타석으로 들어섰다. 그리고 정원준은 쉽게 양훈정과 승부 하지 못했다.

3볼 1스트라이크 상황에서 정원준이 5구째 공을 던졌다.

슈악.

따악.

스트라이크를 잡기 위해서 정원준이 던진 포크볼은 높았고, 양훈정은 실투를 놓치지 않았다.

중견수 앞에 떨어지는 안타가 되면서 루상이 모두 채워졌다.

그 순간, 4번 타자로 출전한 박건이 타석으로 들어섰다.

제8장

"정원준은 초구로……."

"직구를 던질 겁니다."

이용운의 말을 박건이 도중에 가로챘다.

"서당 개 삼 년이면 풍월을 읊는다는 말이 괜히 생긴 게 아니구나."

이용운이 칭찬(?)을 건넨 순간, 박건이 대답했다.

"일 년도 안 됐습니다."

"그렇긴 하구나. 그래서?"

"그래서라뇨?"

"그래서 좋으냐고?"

"네?"

"어지간히 말귀 못 알아먹네. 서당 개를 이겨서 좋으냐는 뜻이다.”

‘거, 말을 해도 참.’

박건이 눈살을 찌푸린 채 타석에서 집중할 때였다.

“확실히 다르다는 것을 증명해라.”

이용운이 지시했다.

“서당 개보다 낫다는 걸 증명하란 말씀입니까?”

박건이 못마땅한 표정으로 대꾸하자, 이용운이 웃음기 섞인 목소리로 대답했다.

“그건 이미 증명했다.”

“그럼 뭘 증명하란 겁니까?”

“기존의 4번 타자들과는 다르다는 것 말이다.”

박건이 대답했다.

“두 가지 다 증명하겠습니다.”

잠시 후, 정원준이 박건을 상대로 초구를 던졌다.

슈아악.

그가 선택한 구종은 예상대로 직구였다.

코스도 미리 예측했던 바깥쪽 직구가 들어온 순간, 박건이 힘껏 배트를 휘둘렀다.

따악!

경쾌한 타격음과 함께 쭉 뻗어나간 타구가 우중간을 반으로 갈랐다.

* * *

최종 스코어 7—1.

청우 로열스는 대승 원더스와의 3연전 1차전에서 기분 좋은 승리를 거두었다. 그러나 좋았던 것은 딱 거기까지였다.

2차전 2—6.

3차전 1—5.

두 경기를 잇따라 내주며 루징시리즈를 기록했다.

“마치 다른 팀 같았어요.”

송이현이 청우 로열스와 대승 원더스의 3연전을 모두 관람하고 난 후 떠올린 생각이었다.

1차전의 청우 로열스와 2차전과 3차전의 청우 로열스.

과연 같은 팀이 맞는가 하는 생각이 정도로 전혀 다른 모습을 선보였기 때문이었다.

잠시 후, 송이현이 다시 입을 뗐다.

“‘독한 야구’ 진행자의 예측이 또 적중했네요.”

청우 로열스가 대승 원더스와의 3연전 첫 경기를 승리하고 난 후, ‘독한 야구’ 진행자는 남은 두 경기를 모두 패하며 위닝시리즈를 거두는 데 실패할 거라고 예측했다.

청우 로열스 단장인 송이현의 입장에서는 그 예측이 빗나가길 바랐다.

그렇지만 결과적으로는 ‘독한 야구’ 진행자의 예측이 또 한 번 적중했다.

‘덕분에 신뢰가 좀 더 쌓이긴 했네.’

송이현이 속으로 생각하며 쓴웃음을 지었을 때였다.

“약점이 드러났습니다.”

제임스 윤이 말했다.

"무슨 약점이요?"

"상위타선에 몰빵을 했다. 상위타선만 조심하면, 하위타선은 물 타선이나 마찬가지다. 이런 약점이 드러난 거죠."

정확한 지적이었기에 송이현이 반박하지 못하고 입을 다물었다.

대신 '독한 야구'를 청취할 준비를 했다.

"이젠 무섭네요."

"뭐가 무서우신 겁니까?"

"다음 상대인 우송 선더스를 상대로 스윕을 당할 거란 예측이 흘러나올까 봐요."

송이현이 한숨을 내쉰 후, 플레이 버튼을 눌렀다.

"다가올 우송 선더스와의 3연전. 청우 로열스 팬들은 혹시나 하는 기대를 품고 있을 겁니다. 그렇지만 헛된 기대일 뿐입니다. 청우 로열스는 스윕을 당할 테니까요."

톡.

'독한 야구' 진행자의 예측이 흘러나온 순간, 송이현이 일시정지 버튼을 눌렀다.

가장 듣고 싶지 않았던 예측이 흘러나왔기 때문에 마음의 준비를 할 시간이 필요했기 때문이었다.

"축하합니다."

"뭘 축하한단 거죠?"

"단장님의 예측이 맞았으니까요."

눈치 없는 제임스 윤을 매섭게 노려보던 송이현이 다시 재생

버튼을 눌렀다.

"어차피 스윕 패를 당하는 것은 피할 수 없지만, 중요한 것은 그 과정에서 무엇을 얻을 수 있는가입니다. 절망 속에서도 희망을 찾아야 하니까요."

'과연 희망적인 요소를 찾을 수 있을까?'

송이현이 답답한 표정을 지었을 때였다.

"우리가 주목해서 지켜봐야 할 선수는 바로 백선형입니다."

'백선형을 주목하라고?'

송이현이 의아한 표정을 지었다.

앤서니 쉴즈와 백선형은 '독한 야구' 진행자가 직접 지목했던 엑스맨이었다. 그런데 갑자기 백선형을 주목하라고 말하니 의아함이 느껴졌던 것이었다.

'이유가 뭐지?'

송이현이 그 이유에 대해 고민할 때, '독한 야구' 진행자의 멘트가 이어졌다.

"우송 선더스와의 3연전이 끝나고 나면, 제가 지목했던 두 명의 엑스맨을 끌어안고 갈 수 있는 방법을 아시게 될 겁니다. 그리고 기대하십시오. 곧 새로운 엑스맨의 정체를 공개할 테니까요."

*　　　*　　　*

1승 4패.

리그 선두를 달리는 대승 원더스와 리그 2위인 우송 선더스와의 6연전에서 청우 로열스가 거둔 성적이었다.

결과적으로 이용운이 '독한 야구' 진행 중에 했던 예측은 살짝 빗나갔다.

우천으로 한 경기가 취소됐기 때문이었다.

"아쉽구나."

그로 인해 이용운이 아쉬움을 토로한 순간, 박건이 지적했다.

"오히려 다행이라고 해야 하는 것 아닙니까?"

"응?"

"예측은 빗나갔지만, 덕분에 패전이 한 경기 줄었으니까요."

박건의 지적이 옳다고 판단한 이용운이 핑계를 댔다.

"해설위원과 영혼의 파트너 사이에서 중심을 잡기가 무척 어렵구나."

그 한탄을 듣던 박건이 한숨을 내쉬며 말했다.

"그냥 해설위원 역할에 충실하시죠."

"왜?"

"어차피 오억을 챙기는 건 물 건너간 것 같으니까요."

이번 6연전에서 1승 4패로 부진하면서 8위까지 치솟았던 청우 로열스는 다시 9위로 순위가 한 단계 하락했다.

더 심각한 문제는 청우 로열스의 약점이 노출됐다는 것이었다.

앤서니 쉴즈가 심각한 부진으로 선발 라인업에서 빠지고, 대신 정수일이 출전했다.

그렇지만 1루수로 출전한 정수일은 지난 다섯 경기에서 19타수 1안타를 기록하며 무기력한 모습을 보였다.

한창기 감독은 타개책으로 타격감이 좋은 타자들을 상위타순에 모조리 배치하는 강수를 두었지만, 상대 팀이 상위타선을 어렵게 상대하는 전략을 들고 나오자 곧바로 한계를 드러냈다.

4연패를 당하는 동안 경기당 2점에도 미치지 못하는 한심한 득점력을 보인 것이 약점을 노출했다는 증거였다.

"아직 포기하긴 이르다."

그때, 이용운이 말했다.

"대단하시네요."

그 이야기를 들은 박건이 감탄했다.

"뭐가 대단하다는 거냐?"

"아직도 포기하지 않으셨으니까요."

팬들은 올 시즌 청우 로열스의 우승을 일찌감치 포기한 상황이었다.

아니, 좀 더 정확히 말하면 가을야구 진출에 대한 미련을 접은 상황이었다.

그리고 팬들만이 아니었다.

전문가들은 물론이고, 청우 로열스 주축 선수들조차도 가을야구에 대한 희망의 끈을 놓은 상황이었는데, 정작 이용운은 아직 가을야구는 물론이고, 한국시리즈 우승이라는 꿈도 포기하지 않고 있었다.

"포기는 배추를 셀 때나 쓰는 단어다."

"……?"

"왜 아무 말이 없어? 너무 감동적인 멘트라서 말문이 막혔냐?"

박건이 코웃음을 치며 대답했다.

"문득 그런 생각이 들었습니다."

"어떤 생각?"

"선배님께서 생전에 해설위원직에서 잘린 게 이성훈 해설위원 때문이 아닐지도 모르겠다는 생각 말입니다."

"무슨 뜻이야?"

"이런 재미도 없고 감동도 없는 멘트를 자주 날리시다가 잘린 게 아닐까요?"

"내가 누누이 강조하지만 해설위원 인기순위 투표에서 1위였다니까. 이건 빼박캔트야. 빼도 박도 못하는……."

발끈한 이용운이 흥분한 목소리를 꺼냈다.

그러나 박건은 무시하고 화제를 돌렸다.

"딱히 반등할 요인도 없지 않습니까?"

아까 이용운은 포기하기에는 이르다고 말했다.

그렇지만 박건의 생각은 달랐다.

이미 올 시즌 중반에 접어든 시점에 청우 로열스의 현재 순위는 리그 9위.

게다가 딱히 반등할 수 있는 요인도 발견하기 힘들었다.

그때, 이용운이 말했다.

"반등 요인이 있다."

"그 반등 요인이 대체 뭔데요?"

이용운이 대답했다.

"기존의 엑스맨들을 개조했거든."

* * *

딱. 딱.

심원 패롯스와의 3연전을 앞두고 타격 케이지 안에서 타격 훈련을 하고 있는 앤서니 쉴즈를 박건이 유심히 살폈다.

잠시 후, 박건이 고개를 갸웃했다.

"뭐가 달라졌다는 거지?"

박건의 눈에는 크게 달라진 점이 보이지 않았기 때문이었다.

그 혼잣말을 들은 이용운이 입을 뗐다.

"제임스 윤만 욕할 게 아니었네."

"무슨 뜻입니까?"

"후배도 해태 눈깔인 건 마찬가지라는 뜻이다."

박건이 발끈하며 물었다.

"그럼 선배님 눈에는 달라진 점이 보입니까?"

"당연히 보인다."

"대체 뭐가 달라졌습니까?"

"배트를 쥐는 손의 위치."

'손의 위치?'

박건이 재빨리 배트를 쥐고 있는 앤서니 쉴즈의 손의 위치를 살폈다.

'조금 짧게 쥐긴 했네.'

이용운의 이야기를 듣고 나니, 배트를 쥐는 앤서니 쉴즈의 손의 위치가 조금 바뀌었다는 것이 보였다.

그때, 이용운이 덧붙였다.

"테이크백에 걸리는 시간도 줄었어."

슈웅. 딱.

앤서니 쉴즈의 스윙을 다시 살피던 박건이 천천히 고개를 끄덕였다.

비록 미세한 차이였긴 했지만, 테이크백을 하는 데 걸리는 시간이 조금 줄어들었다는 것이 느껴졌다.

그렇지만 딱 거기까지였다.

눈여겨보지 않으면 알아채기 힘들 정도로 미세한 변화들일 뿐이었다.

"겨우 이 정도 변화로 얼마나 달라질까요?"

해서 박건이 회의적인 반응을 드러낸 순간, 이용운이 대답했다.

"천 리 길도 한 걸음부터란 말, 모르냐?"

"하지만……."

"앤서니 쉴즈도 그동안 바빴어."

"왜 바빴다는 겁니까?"

이용운이 대답했다.

"수비 훈련을 하느라."

* * *

〈청우 로열스 선발 라인업〉

1. 고동수

2. 임건우

3. 양훈정

4. 박건

5. 백선형

6. 구창명

7. 앤서니 쉴즈

8. 김천수

9. 이필교

Pitcher. 강운규

심원 패롯스와의 3연전 1차전을 앞두고 한창기 감독이 발표한 선발 라인업을 살피던 송이현이 두 눈을 빛냈다.

"앤서니 쉴즈가 다시 선발 라인업에 복귀했네요."

정확히 일주일 만에 앤서니 쉴즈가 선발 라인업에 복귀했다는 것이 가장 큰 변화.

그 외에도 타순에 적잖은 변화가 있었다.

그렇지만 송이현은 타순 변화가 제대로 눈에 들어오지 않았다.

'독한 야구' 진행자가 엑스맨 대표 주자라고 지목했던 앤서니 쉴즈가 선발 라인업에 복귀한 것에 신경이 쏠렸기 때문이었다.

"앤서니 쉴즈가 선발 라인업에 복귀했으니 오늘 경기도 질 확률이 높네요."

송이현이 한숨을 내쉬며 입을 뗀 순간, 제임스 윤이 대답했다.

"조금은 기대하셔도 좋습니다."

"왜 기대해도 좋다는 거죠?"

"타격코치의 조언을 꽤 수용했거든요."

"수용하는 척만 한 게 아닐까요?"

그동안 앤서니 쉴즈가 귀를 닫고 타격코치의 조언들을 전혀 수용하지 않았다는 사실은 송이현도 알고 있었다.

그리고 사람은 쉽게 변하는 동물이 아니었다.

이번 역시 앤서니 쉴즈가 조언을 듣고 수용하는 척했을 가능성이 높다고 송이현이 판단했을 때였다.

"이번엔 다를 겁니다."

"왜 다르다는 거죠?"

"제가 협박했거든요."

"뭐라고 협박했는데요?"

제임스 윤이 대답했다.

"다시는 야구를 못 할 수도 있다고 협박했습니다."

* * *

'많은 돈을 받고 KBO 리그에서 적당히 뛰다가 다시 트리플 A나 메이저리그 무대에 도전하자.'

KBO 리그에서 용병으로 뛰는 젊은 외국인 선수들이 흔히 갖는 생각이었다.

물론 앤서니 쉴즈는 동기부여 측면에서 조금 달랐다.

"KBO 리그에서 맹활약을 펼치면, 그 활약상을 바탕으로 메이저리그 무대에 입성할 수 있다."

앤서니 쉴즈를 청우 로열스로 영입할 당시, 제임스 윤이 건넸던 말은 그에게 커다란 동기부여가 됐다.

메이저리그에서도 능력을 인정받고 있는 스카우터인 제임스 윤을 앤서니 쉴즈가 강하게 신뢰했기 때문이었다.

그렇지만 청우 로열스 유니폼을 입은 앤서니 쉴즈는 부진했다.

적응에 실패한 그는 좀처럼 부진의 늪에서 빠져나오지 못했고, 그로 인해 서서히 생각이 바뀌었다.

'돈은 많이 벌었으니까, 다시 마이너리그로 복귀하자.'

어느 시점부터인가 앤서니 쉴즈도 KBO 리그에서 뛰고 있는 다른 외국인 선수들과 비슷한 생각을 갖게 된 것이었다.

제임스 윤도 놓치고 있었던 심리 변화.

그렇지만 '독한 야구' 진행자는 그 심리 변화를 놓치지 않고 캐치했다.

* * *

"그 협박이 과연 먹힐까요?"

송이현이 영 못미더운 표정으로 질문했다.

'내 처지가 어쩌다 이렇게 됐을까?'

그 표정을 확인한 제임스 윤이 속으로 탄식했다.

LA 에인절스 아시아 담당 스카우트 팀장으로 일할 때는 정말 잘나갔다.

오타니 쇼헤이의 성공을 확신하고 영입을 완료한 후에는 메이저리그 모든 구단들에서 러브콜이 쏟아졌었다.

그렇지만 제임스 윤은 그 러브콜들을 모두 거절했다.

대신 송이현과 함께 한국으로 건너왔다. 그리고 현재 제임스 윤은 청우 로열스 팬들에게서 야알못 스카우터 팀장으로 낙인이 찍힌 상황이었다.

그뿐이 아니었다.

청우 로열스 스카우터 팀장 직책을 제안했던 송이현 단장도 자신에 대한 신뢰를 거둬들인 상황이었다.

그로 인해 울컥한 제임스 윤이 입을 뗐다.

"비록 지금은 야알못 스카우터 취급을 받고 있지만, 미국에서는 잘나갔습니다. 그래서 앤서니 쉴즈에게는 제 말이 먹힙니다."

"정말 먹혔을까요?"

"두고 보시면 아실 겁니다."

송이현이 덧붙였다.

"어디 한번 두고 보죠."

* * *

1회 초 심원 패룻스의 공격.

좌익수 수비위치에 선 박건의 시선이 1루 베이스 쪽을 향했다.

'진짜 앤서니 쉴즈가 수비로 나왔네.'

박건이 이적 후, 청우 로열스의 1루 수비는 줄곧 백선형이 맡았다. 그리고 앤서니 쉴즈는 지명타자로만 출전했었다.

그래서 앤서니 쉴즈가 1루 수비위치에 서 있는 것이 낯설게 느껴졌다.

"왜 앤서니 쉴즈가 1루수로 출전한 겁니까?"

"80만 달러나 받는데 돈값은 해야지."

"그렇지만……."

"불안해 보인다고?"

"네."

박건이 순순히 대답하자, 이용운이 말했다.

"앤서니 쉴즈가 1루 수비는 꽤 하는 편이다."

"그걸 어떻게 아십니까?"

"마이너리그에서 뛸 때 영상을 봤거든."

슈악.

따악.

그때, 심원 패룻스의 1번 타자인 이종도가 강윤구의 3구째 슬라이더를 잡아당겼다.

배트 중심에 맞은 타구는 빠른 속도로 1루 방면으로 향했다.

탁. 탁.

투 바운드를 일으킨 타구의 속도는 빨랐지만, 1루수로 출전한 앤서니 쉴즈의 정면으로 향했다.

'처리할 수 있다.'

그래서 박건이 이렇게 판단한 순간이었다.

퍽. 데구르르.

앤서니 쉴즈는 단번에 타구를 처리하는 데 실패했다.

그의 가슴을 맞고 튕겨 나온 타구가 그라운드에 떨어졌다

앤서니 쉴즈가 손으로 타구를 다시 잡은 후 1루 베이스 쪽으로 달려갔지만, 이종도가 베이스를 통과하는 것이 더 빨랐다.

'실책!'

1루 수비에 나서자마자 실책을 저지르면서 호된 신고식을 치른 앤서니 쉴즈는 낭패한 표정을 짓고 있었다.

그런 그를 바라보던 박건이 물었다.

"진짜 수비를 꽤 하는 게 맞습니까?"

*　　　*　　　*

무사 1루.

경기가 시작하자마자, 앤서니 쉴즈의 수비 실책이 나온 것으로 인해 청우 로열스의 선발투수인 강운규는 급격히 흔들렸다.

"볼넷."

2번 타자 임현일에게 볼넷을 허용했고, 3번 타자인 홍대광에게는 중전안타를 허용했다.

0—1.

무사 1. 3루의 위기가 이어지는 가운데 타석에는 이안 라틀리프가 등장했다.

슈아악.

따악.

이안 라틀리프는 흔들리는 강운규의 2구째 직구를 통타했다.

우중간으로 쭉쭉 뻗어가는 타구를 확인한 박건의 표정이 굳어졌다.

'최소 2루타.'

이렇게 판단한 순간, 우익수 임건우가 마지막까지 포기하지 않고 타구를 쫓아가 펜스에 부딪치며 캐치에 성공해 냈다.

0—2.

3루 주자가 태그업을 해서 득점을 허용하는 것은 막지 못했지만, 대단한 호수비였다.

1사 1루 상황에서 타석에 들어선 5번 타자 최순규는 신중한 승부를 펼쳤다.

슈악.

따악.

풀카운트에서 강운규가 던진 6구째 슬라이더를 최순규가 받아쳤다.

"앞으로."

이용운의 외침을 들은 박건이 타구의 궤적을 눈으로 쫓으며 앞으로 쇄도했다.

'슬라이딩캐치는 너무 무모하지 않을까?'

박건이 망설일 때, 이용운이 소리쳤다.

"이필교가 백업을 들어왔으니까 뒤는 걱정하지 마."

그 이야기를 들은 박건이 망설임을 끝냈다.

쉬이익. 탁.

박건이 몸을 던지며 쭉 내민 글러브 속으로 타구가 빨려들었다.

"1루로……."

이용운의 말이 끝나기도 전에 벌떡 일어난 박건이 1루로 송구했다.

무조건 안타가 될 것이라고 판단했던 1루 주자 임현일이 2루 베이스를 밟고 다시 귀루를 시도했지만, 너무 늦었다.

"아웃."

박건의 정확하고 강한 송구가 1루수인 앤서니 쉴즈에게 도착하면서 1회 초 수비가 끝이 났다.

*　　　　*　　　　*

0—2.

두 점 뒤진 채로 접어든 5회 말 청우 로열스의 공격.

선두타자로 타석에 들어선 것은 박건이었다.

'현재까지는 완벽한 투구야.'

심원 패롯스의 에이스인 외국인 투수 헨리 스탠튼은 4회까지 한 명의 타자도 루상에 출루시키지 않고 있었다.

그가 퍼펙트 행진을 이어나가고 있는 원동력은 150㎞대 중반의 구속을 기록하는 직구 덕분이었다.

구속이 빠른 데다가 스트라이크존 구석구석을 자유자재로 찌를 정도로 제구까지 완벽한 헨리 스탠튼의 직구에 청우 로열스 타자들은 속수무책으로 당하고 있었다.

'어떻게 공략해야 할까?'

박건 역시 첫 타석에서 삼진으로 물러났었다. 그리고 타석에서 헨리 스탠튼의 위력적인 직구를 경험했기에 박건의 고민이 깊어졌을 때였다.

"고민할 게 뭐 있어?"

이용운이 핀잔을 건넸다.

"어떤 공이 들어올지 뻔히 아는데 왜 고민하고 있어?"

이용운의 말대로 직구가 들어올 것을 박건도 알고 있었다.

헨리 스탠튼은 직구로 스트라이크를 잡으며 유리한 볼카운트를 만들고 있었으니까.

문제는 알면서도 공략하기 힘들다는 점이었다.

"공이 너무 빠르지 않습니까?"

"그럼 배트를 짧게 쥐어. 그리고 레그 킥의 높이를 낮춰."

그 조언을 들은 박건이 움찔했다.

타격폼을 수정한 후, 박건의 타격은 일취월장했다.

그 후, 박건은 수정한 타격폼이 다시 흐트러지지 않는 것에 집중했다.

당연히 현재 완성된 타격폼을 바꾸는 것은 상상조차 하지 않았는데.

"왜? 싫어?"

"그게……."

그런 이유로 박건이 난감한 기색을 드러냈을 때였다.

"무식하기만 한 줄 알았더니 융통성도 없구나."

이용운이 어김없이 독설을 날렸다.

그 독설로 인해 빈정이 상한 박건이 뺨을 부풀렸을 때였다.

"아까 배트 스피드가 헨리 스탠튼의 직구 구속을 못 따라갔잖아. 그러니까 무슨 방법을 찾아야 할 것 아냐?"

"그렇긴 하지만……."

박건이 여전히 난색을 드러냈을 때, 이용운이 덧붙였다.

"몸이 기억한다."

"……?"

"타격폼 말이다. 후배의 몸이 기억하고 있기 때문에 쉽게 흐트러지지 않는다."

'정말… 그럴까?'

박건이 반신반의하는 표정을 짓고 있을 때, 이용운이 답답한 목소리로 말했다.

"그리고 후배의 타격폼은 아직 완벽하지 않다. 점점 더 좋은 타격폼을 찾아가야 하는 과정이다. 그러니 이런저런 시험을 해 보는 게 필요하지. 내 말을 못 믿겠으면 딕 케이타 코치의 조언대로 타격폼을 처음 수정했을 때와 어제 경기에서 후배의 타격폼을 비교해 봐라. 조금 달라졌다는 것을 알 수 있을 테니."

'이게 최상의 타격폼이다. 절대 바꿔서도 안 되고, 흐트러져서는 안 된다.'

박건의 머릿속 깊숙이 박힌 생각이었다.

그렇지만 이용운은 그런 박건의 생각이 고정관념이라고 말하고 있었다.

또, 부지불식간에 타격폼이 이전과 조금 달라졌다는 말도 했고.

'진짜 바뀌었을까?'

당장에라도 영상을 통해 타격폼을 비교하면서 이용운의 지적이 사실인지 여부를 확인해 보고 싶었다.

그런 박건의 심리를 읽었을까.

"초구를 공략해."

이용운이 충고했다.

'해보자.'

조언대로 초구를 공략하기로 결심한 박건이 타석에 들어섰다.

'배트를 짧게 쥐고, 레그 킥을 낮춘다.'

헨리 스탠튼이 초구로 던질 직구를 공략하기 위한 준비를 마친 순간이었다.

슈아악.

예상대로 헨리 스탠튼이 몸쪽 직구를 던졌다.

따악.

박건이 때린 타구가 우익수 방면으로 날아갔다.

'넘어가나?'

완벽한 타이밍에 배트 중심에 걸린 느낌이었다. 그래서 홈런이 될 수도 있다고 생각하며 기대했는데…….

'짧다.'

박건의 예상보다 비거리가 훨씬 짧았다.

우익수의 키를 살짝 넘긴 타구는 원바운드로 펜스를 때렸다.

여유 있게 2루에 도착한 박건이 크게 숨을 내쉬며 헨리 스탠튼을 바라보았다.

퍼펙트 행진이 깨졌기 때문일까.

헨리 스탠튼은 못마땅한 기색을 드러내고 있었다.

"2루타에서 끝났으니 운 좋은 줄 알아."

홈런이 될 것을 예상했던 박건이 말한 순간, 이용운이 코웃음을 치며 말했다.

"안 잡힌 걸 다행으로 여겨라."

제9장

"헨리 스탠튼의 공에 아직 힘이 남아 있다. 그리고 타격 시에 제대로 힘을 싣지 못했기 때문에 비거리가 길지 않았다."

이용운의 분석을 들은 박건이 천천히 고개를 끄덕였다.

홈런이 될 수도 있다고 생각했던 조금 전 타구였는데.

하마터면 우익수에게 잡힐 뻔했었다. 그리고 박건이 때렸던 타구의 비거리가 예상했던 것보다 짧았던 데는 이런 이유가 있었다.

"아쉽네요."

박건이 입맛을 다시며 말하자, 이용운이 정정했다.

"아쉬워할 때가 아니라 다행이라고 여겨야 한다니까."

"그런데 왜 아까 타격 시에 힘을 제대로 싣지 못한 걸까요?"

"맞히는 데 급급했으니까."

'맞히는 데 급급했다?'

일리가 있다는 생각이 들었다.

'헨리 스탠튼의 직구를 공략할 수 있다.'

아까 박건은 타석에서 이런 확신이 없었다. 그래서 헨리 스탠튼의 빠른 직구를 맞추는 데 급급했다.

그러다 보니 타구에 제대로 힘을 싣지 못했던 것이었고.

"많이 아쉽네요."

"야, 말귀를 못 알아듣는 거냐? 아니면, 못 알아듣는 척하는 거냐? 아까 내가 그랬지? 아쉬워할 때가 아니라 다행이라고 여겨야 할 때라고……."

"빨리 확인을 못 하게 됐으니까요."

"응?"

"제 타격폼이 진짜 바뀌었는지 말입니다."

박건이 아쉬워하는 이유.

아까 타구가 홈런이 되지 않고 2루타가 되면서 빨리 더그아웃으로 돌아갈 수 없게 됐다는 점 때문이었다.

비로소 말뜻을 이해한 이용운이 말했다.

"너무 아쉬워할 것 없다."

"왜요?"

"백선형이 후배를 더그아웃으로 빨리 돌려보내 줄 수도 있으니까."

*　　　*　　　*

"승부처, 맞죠?"

관중석에서 경기를 지켜보던 송이현이 제임스 윤에게 물었다.

"야구를 보는 눈이 많이 늘었네요."

이런 칭찬이 돌아오길 기대했는데.

제임스 윤에게서는 대답이 돌아오지 않았다.

그로 인해 의아함을 느낀 송이현이 고개를 돌렸다.

"왜 아무 말이 없어요?"

"어차피 제 말을 안 믿으시지 않습니까?"

"또 삐쳤어요?"

"그런 게 아니라……."

"내가 제임스 윤보다 '독한 야구' 진행자를 더 믿어서 삐친 것, 맞잖아요?"

"진짜 아닙니다."

시선을 피한 채 대답하고 있는 제임스 윤을 힐끗 살핀 송이현이 머리를 긁적였다.

'아닌 거야? 아닌 척하는 거야?'

잠시 후, 송이현이 한숨을 내쉬며 자책했다.

'그동안 내가 좀 심하긴 했지?'

제임스 윤도 나름 잘나가는 인재였다.

그런데 그동안 자신이 너무 무시했다는 생각이 들어서 미안한 감정이 든 것이었다.

"'독한 야구' 진행자의 말도 완전히 믿지 않아요. 가끔 틀릴 때가 있더라고요."

그래서 송이현이 운을 떼자, 제임스 윤이 흥미를 드러냈다.

"어떤 부분이 틀렸습니까?"

"백선형."

송이현이 청우 로열스의 주장인 백선형의 이름을 꺼냈다.

"백선형…요?"

고개를 갸웃하는 제임스 윤의 이해를 돕기 위해서 송이현이 설명을 더했다.

"다가올 우송 선더스와의 3연전. 청우 로열스 팬들은 혹시나 하는 기대를 품고 있을 겁니다. 그렇지만 헛된 기대일 뿐입니다. 청우 로열스는 스윕을 당할 테니까요. 어차피 스윕을 당하는 것은 피할 수 없지만, 중요한 것은 그 과정에서 무엇을 얻을 수 있는가입니다. 절망 속에서도 희망을 찾아야 하니까요. 우리가 주목해서 지켜봐야 할 선수는 바로 백선형입니다. 이 방송 내용, 기억하죠?"

"물론 기억하고 있습니다."

일말의 망설임도 없이 돌아온 제임스 윤의 대답을 들은 송이현이 속으로 웃었다.

'열심히 듣긴 하네.'

경쟁의식을 느끼기 때문일까.

제임스 윤도 어느새 '독한 야구'의 애청자가 다 됐다는 생각을 하면서 송이현이 다시 입을 열었다.

"'독한 야구' 진행자의 말대로 우송 선더스와 3연전을 펼치는 동안, 백선형 선수를 유심히 지켜보았어요. 그런데 모르겠더라고요."

"뭘 모르겠단 말씀이십니까?"

"왜 주목하라고 말했는지."

청우 로열스와 우송 선더스가 3연전을 치르는 동안, 백선형은 딱히 인상적인 활약을 펼치지 못했다.

3타수 1안타, 1볼넷.

4타수 1안타.

4타수 2안타.

우송 선더스와 3연전을 치르는 동안 지명타자로 출전했던 백선형이 타석에서 남긴 성적이었다.

장타도 없었고, 멀티히트를 기록한 것은 3차전 한 경기뿐이었다. 그리고 적시타도 없었다.

'속았어.'

그래서 송이현이 막 이렇게 판단한 순간이었다.

"저는 알 것 같습니다."

제임스 윤이 말했다.

"이유를 안다고요?"

"백선형 선수가 달라졌으니까요."

"하지만……."

"안타 몇 개를 때려낸 것뿐이지 않느냐? 그 정도는 이전에도 하지 않았느냐? 이렇게 판단하신 거죠?"

정곡을 찔린 송이현이 멋쩍게 웃으며 대답했다.

"정확해요."

"얼핏 살피면 백선형 선수가 딱히 달라진 게 없는 것처럼 느껴질 겁니다. 그렇지만 분명히 달라졌습니다."

제임스 윤이 백선형이 이전과 달라졌다고 재차 강조했다.

"어떤 부분이 달라졌죠?"

송이현의 질문을 받은 제임스 윤이 대답했다.

"타구의 질이 한층 좋아졌습니다."

"타구의 질요?"

"나중에 확인해 보시면 알겠지만, 우송 선더스와의 3연전을 치르는 동안 백선형 선수가 뽑아낸 네 개의 안타 가운데 땅볼 안타는 없었습니다. 모두 내야를 벗어나는 라인드라이브성 타구였죠. 이게 이전과는 다른 점이죠. 쉽게 말해 백선형 선수가 타격 시에 타구에 힘을 제대로 싣기 시작했다는 뜻입니다."

비로소 말뜻을 이해한 송이현이 작게 고개를 끄덕였다.

1, 2루 간, 혹은 3루수와 유격수 사이로 빠져나가는 땅볼 안타를 백선형이 많이 생산해 냈다는 기억이 떠올랐기 때문이었다.

그와 동시에 송이현은 또 다른 의문이 떠올랐다.

"왜 갑자기 백선형 선수의 타구 질이 좋아진 거죠?"

그 질문을 받은 제임스 윤이 대답했다.

"휴식을 취했기 때문입니다."

그때였다.

딱.

타격음이 울려 퍼진 순간, 송이현이 그라운드 쪽으로 시선을 돌렸다.

헨리 스탠튼의 몸쪽 직구를 공략한 백선형의 타구는 먹혔다.

심원 패룻스의 2루수와 우익수, 그리고 중견수가 먹힌 타구를 처리하기 위해서 모여들었다.

그렇지만 타구의 낙하지점이 애매했다.

둔탁한 타격음이 울려 퍼졌음에도 불구하고, 타구는 예상보다 더 멀리 뻗었다.

2루수의 키를 넘긴 타구는 아무도 잡지 못하는 위치에 떨어졌다.

타다닷.

그사이, 2루 주자였던 박건은 안타가 될 거라고 빠르게 판단해서 3루 베이스를 돌아 홈으로 파고들었다.

1—2.

첫 득점을 올린 순간, 송이현이 제임스 윤을 바라보았다.

"왜 그렇게 보십니까?"

그 시선을 느낀 제임스 윤에게 송이현이 물었다.

"진짜 달라진 거 맞아요?"

* * *

연속안타를 허용하면서 첫 실점을 허용한 헨리 스탠튼이 흔들렸다.

무사 1루 상황에서 6번 타자 구창명과 풀카운트 승부를 펼치던 헨리 스탠튼은 7구째로 바깥쪽 직구를 구사했다.

수아악.

그러나 스트라이크존에서 공 하나 빠진 위치로 들어갔다.

"볼넷."

구창명이 볼넷을 얻어서 걸어 나가며 무사 1, 2루로 상황이 바꿔었다.

헨리 스탠튼이 평정심을 잃었다고 판단한 심원 패롯스 투수코치가 통역을 대동하고 마운드를 방문했다.

더그아웃에서 그 모습을 지켜보던 박건이 입을 뗐다.

“백선형 선배의 텍사스안타가 컸네요.”

“그런 셈이지. 그런데 왜 이러고 있냐?”

“그게 무슨 말씀이십니까?”

“아까는 빨리 더그아웃으로 돌아와서 타격폼이 변했는지 여부를 비교해 보고 싶어서 안달이 났었지 않느냐?”

“조금 미루기로 했습니다.”

“왜 미뤘어?”

“앤서니 쉴즈가 타석에 들어섰으니까요. 과연 얼마나 변했는지, 아니, 과연 변하긴 했는지 내 눈으로 확인해 봐야겠습니다.”

앤서니 쉴즈가 일주일 만에 선발 라인업에 복귀한 후 두 번째 타석.

첫 타석에서 앤서니 쉴즈는 삼진으로 물러났었다.

‘과연 얼마나 달라졌을까?’

박건이 두 눈을 빛내고 있을 때, 통역과 함께 마운드를 방문했던 투수코치가 더그아웃으로 돌아갔다.

잠시 후, 헨리 스탠튼이 셋 포지션 투구를 했다.

슈악.

부우웅.

앤서니 쉴즈가 힘껏 돌린 배트는 허공을 갈랐다.

“커브?”

그때, 이용운이 흥미로운 목소리를 꺼냈다.

"볼배합이 바뀌었군. 아까 투수코치가 마운드에 올라가서 김상문 감독의 지시를 전달한 것 같다."

아까 자신과 백선형에게 연속안타를 허용했던 구종은 직구.

그 과정을 더그아웃에서 지켜보았던 심원 패롯스의 김상문 감독이 직구 일변도의 볼배합을 바꾸기로 결심한 것이었다.

"앤서니 쉴즈는… 여전하네요."

박건이 한숨을 내쉬었다.

앤서니 쉴즈의 트레이드마크는 영웅 스윙.

일주일 만에 선발 라인업에 복귀한 후에도 영웅 스윙은 여전했다.

그리고 2구째.

슈아악.

헨리 스탠튼은 몸쪽 직구를 구사했다.

딱.

아까 백선형이 타격했을 때와 비슷하게 먹힌 타구.

차이가 있다면 앤서니 쉴즈의 타구는 1루 측 관중석으로 날아갔다는 것이었다.

그리고 하나 더, 배트가 부러졌다.

"안 되겠다."

그때, 이용운이 다급한 목소리를 꺼냈다.

"배트 집어 들어."

"저한테 하신 말씀입니까?"

"그럼 누구한테 한 말이겠냐? 후배 말고 내 이야기를 들을 수 있는 사람이 없는데."

"왜 배트를 들란 말입니까?"

"앤서니 쉴즈한테 할 말이 있다."

"무슨 말요?"

"후배는 그냥 전달만 하면 돼. 서둘러."

이용운의 재촉을 받은 박건이 엉겁결에 배트를 집어 들었다. 그리고 배트를 교체하기 위해서 더그아웃으로 걸어오고 있는 앤서니 쉴즈의 앞으로 다가갔다.

"그때 내가 했던 말, 기억하지?"

"어떤 말이요?"

"영어는 자신감, 큰 소리로 또박또박 말하라고 했잖아."

"기억하고 있습니다. 그런데 무슨 말을 하는지는 알려주셔야……."

"나중에 알려주마. 일단 후배는 시키는 대로 전하기만 해."

박건이 한숨을 내쉬며 제임스 쉴즈에게 새 배트를 건넸다.

"이거 받아."

"고맙다."

고맙다는 말을 꺼낸 앤서니 쉴즈가 몸을 돌리려는 순간, 박건이 이용운이 알려주는 대로 말했다.

"원상복구 됐다."

"무슨 소리지?"

"배트를 짧게 쥐고, 테이크백을 줄이라는 말. 벌써 까먹었어?"

"……."

"야구를 못하면 말이라도 잘 듣든가."

"방금 뭐라고 했어?"

"내 공에 손도 못 대고 루킹삼진 당했던 것, 기억하지? 그런데 그런 허접한 스윙으로 150㎞대 중반인 헨리 스탠튼의 직구를 공략할 수 있을 것 같아? 명심해라. 배트 더 짧게 쥐고. 그리고 몸에 힘 좀 빼고 스윙해. 그리고 참고로 헨리 스탠튼은 3구째에 바깥쪽 직구를 던질 거다."

"왜 바깥쪽 직구를 던진다는 거지?"

"널 개무시하고 있거든."

박건이 시킨 대로 이용운의 말을 옮겼다.

"가자."

"가자."

잠시 후, 이용운이 타박했다.

"후배는 왜 이리 융통성이 없냐?"

"제가 또 뭘요?"

"옮길 필요도 없는 한국말은 왜 옮겨?"

그제야 실수를 깨달은 박건이 얼굴을 붉혔을 때였다.

"빨리 가자."

"끝났습니까?"

"그래, 끝났으니까 빨리 돌아가."

이용운의 재촉을 받은 박건이 더그아웃으로 돌아왔다. 그리고 앤서니 쉴즈를 살피던 박건이 움찔했다.

앤서니 쉴즈는 타석으로 돌아가는 대신 아까 그 자리에 선 채 더그아웃으로 돌아온 박건을 노려보고 있었다.

그런 그의 얼굴은 벌겋게 달아올라 있었고, 박건을 향해 쏘아내고 있는 눈빛에는 살기까지 담겨 있었다.

움찔한 박건이 서둘러 이용운에게 물었다.

"대체 아까 무슨 말을 했길래 앤서니 쉴즈가 날 죽일 듯이 노려보는 겁니까?"

"꼭 알아야겠냐?"

"무슨 말을 했는지는 알아야 나중에 대처를 해도 할 것 아닙니까?

"알아도 대처하기 힘들 텐데."

"네?"

"그렇게 알고 싶다니 알려는 주마."

이용운이 선심 쓰듯 덧붙였다.

"야구를 못하면 말이라도 잘 들으라고 했다. 그리고 네 공을 손도 못 대고 삼구삼진당한 주제에 헨리 스탠튼의 직구를 칠 수 있을 것 같냐고 한 소리했다."

"……?"

"아, 하나 더 있구나. 헨리 스탠튼이 앤서니 쉴즈를 개무시해서 3구째에 바깥쪽 직구를 던질 거란 것도 알려줬다."

박건이 입을 쩍 벌렸다.

비로소 앤서니 쉴즈가 자신에게 살기 어린 시선을 던지고 있는 것이 이해가 갔기 때문이었다.

'돌겠네.'

박건이 한숨을 푹 내쉬었을 때, 이용운이 당당하게 말했다.

"그래도 없는 말은 안 했잖아?"

*　　　*　　　*

“내가 어쩌다 이런 꼴을 당하게 된 거지?”

메이저리그를 호령하는 모습을 꿈꿨던 앤서니 쉴즈였다.

물론 메이저리그로 입성하는 문은 비좁았다.

열심히 노력했음에도 불구하고, 메이저리그 무대에 입성할 기회를 간발의 차로 놓쳤다.

그때, 제임스 윤이 앤서니 쉴즈에게 KBO 리그 진출을 권했다.

“아시아 시장을 메이저리그 구단들도 점점 더 주목하고 있다. KBO 리그에서 좋은 활약을 펼치면 메이저리그 무대에 진출하는 것이 가능하다.”

제임스 윤은 메이저리그에서도 인정받는 유능한 스카우터였기에 앤서니 쉴즈는 그의 말을 신뢰했다. 그래서 청우 로열스에 입단했지만, 인생은 앤서니 쉴즈의 계획대로 굴러가지 않았다.

트리플 A에 비해 몇 수 아래라 판단하고 KBO 리그를 무시했었는데.

오히려 극심한 슬럼프에 빠지면서 무시를 당하고 있는 것은 자신이었다.

“마지막 기회다.”

며칠 전, 제임스 윤이 건넸던 협박성 멘트가 떠올랐다.

계속 부진한 모습을 보이면, 외국인 타자 없이 시즌을 치르겠다는 제임스 윤의 이야기는 빈말이 아니었다.

그리고 그는 한마디를 더했다.

자신의 영향력을 최대한 발휘해서 메이저리그는 물론이고 마이너리그에서도 뛸 수 없게 만들 거라고.

야구를 못하는 것도 문제지만, 더 큰 문제는 성실하지도 겸손하지도 않은 점이란 제임스 윤의 이야기.

앤서니 쉴즈의 가슴에 아프게 박혔었다.

그런데 아직 끝이 아니었다.

박건에게까지 이런 무시를 당하고 나자, 앤서니 쉴즈는 머리꼭대기까지 화가 치밀어 올랐다.

"내가… 그 정도로 형편없지 않다는 것을 증명해 주지."

킁. 크흥.

박건을 매섭게 노려보던 앤서니 쉴즈가 타석으로 돌아갔다.

'날 개무시해서 바깥쪽 직구를 던질 거라고 했지?'

아까 박건이 했던 말을 잊지 않고 떠올리며 배트를 무심코 고쳐 쥐던 앤서니 쉴즈가 흠칫했다.

배트를 쥔 손의 위치가 다시 가장 아래쪽이란 사실을 뒤늦게 깨달았기 때문이었다.

'짧게 쥐자.'

배트를 쥔 손의 위치를 바꾸던 앤서니 쉴즈가 고개를 흔들었다.

아까 헨리 스탠튼의 2구째 직구를 공략했을 때, 배트 스피드가 구속을 따라가지 못했던 것이 떠올랐기 때문이었다.

'더 짧게 쥐자. 그리고 테이크백을 짧게 가져가자. 일단 배트 중심에 맞추는 것에만 집중하자.'

스윽.

앤서니 쉴즈가 배트를 쥔 손의 위치를 재차 바꾼 후, 마운드에 서 있는 헨리 스탠튼을 노려보았다.

슬쩍 시선을 피하는 헨리 스탠튼을 확인한 앤서니 쉴즈가 재차 콧김을 내뿜었다.

'너까지 날 무시하는 거냐?'

두 눈에 잔뜩 힘을 줬던 앤서니 쉴즈가 타석에서 벗어났다.

"그리고 몸에 힘 좀 빼고 스윙해라."

아까 박건이 던진 말이 떠올라서였다.

'힘 빼자. 힘.'

몸에서 힘을 빼기 위해서 노력하며 앤서니 쉴즈가 타석으로 돌아왔다. 그리고 헨리 스탠튼이 셋 포지션 투구를 했다.

슈아악.

'바깥쪽 직구? 맞았네.'

아까 박건의 예측이 적중한 순간, 앤서니 쉴즈가 배트를 휘둘렀다.

따악.

오래간만에 경쾌한 타격음이 앤서니 쉴즈의 귓속으로 파고들었다.

*　　　　*　　　　*

'나랑 비슷해.'

앤서니 쉴즈의 타격을 지켜보던 박건이 떠올린 생각이었다.

본래 타격폼을 버리고, 배트를 짧게 쥐고 테이크백을 짧게 가져가면서 공을 배트 중심에 맞추는 데 집중한 타격 모습.

아까 박건이 했던 스윙과 비슷했다.

'비거리가 길진 않을 거야.'

이미 먼저 경험했기에 박건은 그렇게 예상했다. 그러나 박건의 예상은 보기 좋게 빗나갔다.

앤서니 쉴즈가 때린 타구는 박건의 예상보다 멀리 날아갔다.

중견수가 펜스 앞까지 타구를 열심히 쫓아갔지만, 타구는 펜스를 살짝 넘기고 난 후에야 떨어졌다.

"홈런?"

박건이 놀란 표정을 지었을 때, 이용운이 말했다.

"후배와는 엄연히 다르지."

"뭐가 다르다는 겁니까?"

"타고난 신체 조건이 달라."

앤서니 쉴즈는 키도 크고 체구도 우람한 편이었다.

그래서 타고난 힘도 장사였다.

타고난 힘이 다른 만큼, 비슷한 타격폼으로 타구를 만들어냈음에도 비거리에서 차이가 발생한 것이었다.

"타고난 신체 조건의 차이를 극복하는 방법은 웨이트 트레이닝을 비롯한 훈련밖에 답이 없다."

이용운의 조언을 들은 박건이 힘껏 고개를 끄덕였다.

영혼의 파트너인 이용운을 만난 후 박건의 목표는 메이저리그 진출로 바뀌었다. 그리고 박건이 앞으로 뛰게 될 메이저리그에는 앤서니 쉴즈처럼 신체 조건이 뛰어난 외국 선수들이 대부분이었다.

그들과 경쟁에서 지지 않으려면, 아니, 오히려 그들과의 경쟁에서 이기려면 훈련으로 극복하는 방법뿐이었다.

잠시 후, 박건이 고개를 들어 관중석을 살폈다.

4-2.

앤서니 쉴즈의 석 점 홈런이 나오면서, 청우 로열스는 역전에 성공했다. 그렇지만 홈관중들의 환호성은 크지 않았다.

'왜?'

박건이 그 이유에 대해 의문을 품었을 때였다.

"공갈포라고 생각하기 때문이다."

이용운이 덧붙였다.

"이제부터 앤서니 쉴즈가 증명해야 하는 것은 꾸준함이다. 꾸준히 좋은 활약을 펼친다면, 홈관중들도 다시 앤서니 쉴즈에게 환호를 보내줄 것이다."

앤서니 쉴즈도 그 사실을 알고 있기 때문일까.

무척 오래간만에 홈런을 터뜨렸음에도 불구하고, 그는 세레머니를 하지 않았다.

묵묵히 그라운드를 돌아서 홈으로 들어왔다.

홈베이스를 밟고 더그아웃으로 천천히 뛰어오는 앤서니 쉴즈와 시선이 마주친 순간, 박건이 움찔했다.

박건에게로 고정되어 있는 앤서니 쉴즈의 표정과 눈빛이 여전히 강렬했기 때문이었다.

분위기가 심상치 않았다.

한 대 칠 듯한 앤서니 쉴즈의 사나운 기세를 확인한 박건이 부지불식간에 뒷걸음질을 쳤을 때였다.

"왜 그래?"

이용운이 의아한 목소리로 물었다.

"이게 다 선배님 때문 아닙니까?"

"나 때문이라니?"

"앤서니 쉴즈의 분위기가 심상치 않습니다. 아무래도 여기 있다가는 한 대 얻어맞을 것 같습니다."

"도망칠 곳은 있고?"

"…없네요."

아직 경기가 진행 중인 상황이었다.

경기가 진행되는 중에 갑자기 사라질 수는 없는 노릇.

그래서 박건이 한숨을 내쉬며 덧붙였다.

"주먹이 참 크네요."

"설마 같은 팀 동료를 때리기야 하겠느냐?"

"설마가 사람 잡는 법이죠."

"다행이다."

"뭐가 다행이란 겁니까?"

"난 귀신이잖아."

"……."

"귀신이 된 게 좋은 점도 있구나."

박건이 이용운과 빠르게 대화를 주고받는 사이, 앤서니 쉴즈가 더그아웃에 도착했다.

잠시 후 박건의 앞으로 앤서니 쉴즈가 거칠게 콧김을 내뿜으며 다가왔다.

본능적으로 위기감을 느낀 박건이 어금니를 꽉 깨물었을 때, 앤서니 쉴즈가 양팔을 높이 들어 올렸다.

'불꽃 싸다구?'

자신의 운명을 직감한 박건이 이를 악문 채 두 눈을 질끈 감았을 때였다.

부웅.

박건은 몸이 떠오르는 것을 느끼고 감았던 두 눈을 떴다. 그리고 박건을 덥석 안고 허공에 들어 올린 채 앤서니 쉴즈가 소리쳤다.

"땡큐 베리 머치."

*　　　　*　　　　*

"사내자식이 소심하긴."

이용운이 핀잔을 건넨 순간, 박건이 발끈했다.

"반쯤 죽다 살아서 돌아온 사람한테 말씀이 너무 심하신 것 아닙니까?"

"한 대 맞는다고 안 죽는다."

"앤서니 쉴즈의 주먹을 제대로 못 보셔서 그런 말씀하시는 겁니다."

고개를 절레절레 흔들던 박건이 물었다.

"그런데 왜 내게 고맙다고 한 걸까요?"

"땡큐 베리 머치."

홈런을 때리고 박건에게 다가왔던 앤서니 쉴즈가 주먹을 날리는 대신, 허리를 안고 높이 들어 올린 채 꺼낸 말이었다.

영어가 짧은 박건도 그 정도 말은 알아들을 수 있었다. 그리고 그가 건넸던 고맙다는 말은 박건이 의아함을 품게 만들기에 충분했다.

"후배 덕분에 홈런을 쳤으니까."

"하지만……."

"결국 야구를 잘해야 구겨진 자존심을 회복할 수 있다는 것을 깨달은 거지. 자, 이쯤 하고 빨리 녹음 시작하자."

이용운이 '독한 야구' 녹음을 시작하자고 재촉했다.

"팟 캐스트 방송 '독한 야구'는 선수, 감독, 심지어 팬들까지 모두 독하게 까는 해설 방송입니다. 심장이 약한 분들과 임산부와 노약자는 가능한 청취를 금해주시기 바라며, 하루에 딱 한 경기만 집중해서 해부하는 '독한 야구', 지금부터 시작하겠습니다. 여러분도 아시다시피 청우 로열스는 심원 패룻스와의 3연전 첫 경기를 잡아내며 4연패에서 벗어나는 데 성공했습니다. 최종 스코어 6-2. 비교적 여유 있는 승리였기 때문에 분석을 할 게 마땅치 않습니다. 그래서 분석은 건너뛰고, 오늘은 잘난 척을 좀 하겠습니다."

'잘난 척?'

박건이 녹음 도중 고개를 갸웃했을 때, 이용운이 예고한 대로 본격적으로 잘난 척을 시작했다.

"오늘 경기에서 오래간만에 선발 라인업에 복귀한 앤서니 쉴즈는 역전 결승 홈런을 때렸고, 백선형은 멀티히트를 기록하면서 2타점을 올렸습니다. 불과 얼마 전까지 청우 로열스의 대표적인 엑스맨들이었던 두 선수의 문제를 동시에 해결해서 공존시킬 수 있는 방법이 있다고 제가 말씀드렸죠? 제가 제시했던 방법이 먹혀들었으니 어찌 잘난 척을 하지 않을 수 있겠습니까?"

이용운의 목소리에는 자부심이 가득했다. 그렇지만 그 말을 옮기던 박건은 불안한 기색을 감추기 어려웠다.

이렇게 잘난 척을 하기에는 너무 이르다는 생각이 들어서였다.

또, 이용운의 장담처럼 문제들이 완전히 해결됐다고 확신하기에도 너무 이른 상황이었기 때문이었다.

그래서 박건이 녹음을 멈추고 물었다.

"너무 성급한 게 아닐까요?"

"왜 성급하다고 생각하는 거냐?"

"이렇게 잘난 척하셨는데 만약 내일 경기에서 앤서니 쉴즈와 백선형 선배가 다시 엑스맨으로 돌아가면 어쩌시려고요?"

"그럴 일 없다."

이용운이 딱 잘라 말했지만, 박건은 여전히 불안한 기색을 지우지 못한 채 입을 뗐다.

"사람은 쉽게 변하는 동물이 아니라고 선배님 입으로 직접 말씀하시지 않으셨습니까?"

"내가 그런 말을 하긴 했었지."

"그런데요?"

"이 정도 노력했는데도 안 변하면 이상한 일이지."

'무슨 노력을 했다는 거야?'

박건이 고개를 갸웃할 때, 이용운이 재촉했다.

"됐고. 빨리 녹음이나 계속해."

그 재촉을 받은 박건이 마지못한 표정으로 다시 녹음을 이어나갔다.

"앤서니 쉴즈는 공갈포 한 방 날린 것 아니냐? 백선형도 멀티히트를 날리긴 했지만, 그냥 한 경기 잘한 것뿐일 수도 있지 않느냐? 이렇게 반론을 하며 의문을 품고 계신 분들도 계실 겁니다."

'거, 사람 민망하게시리.'

박건이 얼굴을 붉힌 채 이용운의 말을 옮겼다.

"그렇지만 두 선수는 분명히 엑스맨에서 탈출했습니다. 그리고 지금부터 두 선수가 엑스맨에서 확실히 탈출했다는 증거를 제시하겠습니다."

*　*　*

청우 로열스와 심원 패룻스의 3연전 2차전.

아직 경기가 시작되기 전이었지만, 일찌감치 관중석에 도착한 송이현이 심각한 표정으로 한창기 감독이 발표한 선발 라인업을 바라보고 있을 때였다.

"왜 그렇게 심각하게 보십니까? 큰 변화라도 있습니까?"

제임스 윤이 물었다.

"그대로예요."

"네?"

"어제 경기와 라인업과 타순이 그대로라고요."

"그런데 왜 그렇게 뚫어져라 보신 겁니까?"

"보는 척한 거예요."

"……?"

"눈만 여기 두고 딴생각을 하고 있었어요."

송이현이 솔직하게 대답하자, 제임스 윤이 흥미를 드러냈다.

"대체 무슨 생각을 하고 계셨길래 표정이 그리 심각하셨던 겁니까?"

"어제 '독한 야구' 진행자가 했던 이야기에 대해서 곰곰이 곱씹어보고 있었어요. 혹시 들었어요?"

"물론 들었습니다."

"제임스 생각은 어때요? '독한 야구' 진행자가 했던 말이 맞는 것 같아요?"

"정확히 어느 부분을 말씀하시는 겁니까?"

"앤서니 쉴즈의 타격폼이 변했다. 영웅 스윙을 버렸다. 그런데 아이러니하게도 영웅 스윙을 버리자, 영웅이 됐다는 표현요."

"그 이야기를 듣고 난 후 문득 이런 생각을 했습니다."

"어떤 생각요?"

"역시 팟 캐스트 진행은 아무나 하는 게 아니구나 하는 생각이요."

"왜 그런 생각을 했어요?"

"아이러니하게도 영웅 스윙을 버렸더니 영웅이 됐다. 표현이 참 멋지지 않습니까? 시적인 느낌도 있고 말입니다."

마치 음미하듯 두 눈을 가늘게 뜬 채 '영웅 스윙을 버렸더니 영웅이 됐다'라는 표현을 되뇌고 있는 제임스 윤에게 송이현이 새삼스러운 시선을 던졌다.

'이런 면도 있었나?'

제임스 윤이 감추고 있던 감성을 처음으로 엿본 것 같아서 놀란 것이었다.

그때, 제임스 윤이 입을 뗐다.

"야구는 보기보다 훨씬 감성적인 스포츠 종목입니다. 그리고 저는 그동안 그 부분을 놓치고 있었습니다. 이번에 '독한 야구' 진행자에게 한 수 배웠습니다. 덕분에 제가 부족했던 부분을 깨달을 수 있었죠."

자책하는 제임스 윤에게 송이현이 다시 물었다.

"어떤 부분이 부족했던 거죠?"

"배려가 독이 됐던 겁니다."

"무슨 배려요?"

"어제 경기에서 앤서니 쉴즈가 1루수로 출전했던 것, 낯설게 느껴진다고 말씀하셨지 않습니까?"

"그랬죠."

"사실 앤서니 쉴즈는 시즌 초반에 1루수로 출전했었습니다."

"저도 기억나요."

시즌 초반에 앤서니 쉴즈는 1루수 겸 4번 타자로 출전했었다.

그럼에도 불구하고 어제 1루수로 출전했던 앤서니 쉘즈의 모습이 낯설었던 이유는 그가 시즌 초반에 1루수로 출전했던 경기수가 워낙 적었기 때문이었다.

'열 경기가 채 안 됐던 것 같은데.'

송이현이 기억을 더듬고 있을 때, 제임스 윤이 말했다.

"당시에 앤서니 쉘즈에게 1루 수비를 맡기지 않고 지명타자로 돌렸던 이유도 알고 계십니까?"

"음, 수비를 못해서 아닌가요?"

이미 꽤 시간이 흐른 상황.

그리고 청우 로열스 단장으로 부임하고 난 후 얼마 지나지 않았기에 당시 송이현은 무척 바빴고 지금처럼 자주 경기장을 찾아올 수 없었다.

그래서 기억이 흐릿했다.

"실책을 많이 저지르지는 않았습니다. 나름 수비는 괜찮은 편이었죠."

"그런데 왜 지명타자로 돌렸던 거죠?"

"아까 말씀드렸던 대로 일종의 배려를 했던 겁니다. 수비에 부담을 느끼기 때문에 앤서니 쉘즈가 타석에서 집중하지 못한다. 수비 부담을 덜어주는 것이 타석에서 집중할 수 있게 만드는 방법이다. 또, 앤서니 쉘즈의 KBO 리그 적응을 돕는 길이다. 제가 건의했고 한창기 감독이 동의했기 때문에 앤서니 쉘즈는 1루 수비에 나서지 않고 지명타자로 출전했던 겁니다."

송이현이 천천히 고개를 끄덕이며 입을 뗐다.

"그런데 왜 아까 그 배려가 독이 됐다고 말씀하셨던 거죠? 제가 듣기에 별문제는 없어 보이는데."

"앤서니 쉴즈와 백선형 선수에게 모두 독이 됐습니다."

"네?"

"앤서니 쉴즈는 KBO 리그에서 처음으로 지명타자로 출전했습니다. 즉, 지명타자로 출전하는 것에 익숙하지 않은 거죠. 이런 경우 선수들은 루틴이 깨지기 때문에 타석에서 슬럼프를 겪을 가능성이 있습니다. 쉽게 말해 수비 부담을 덜어줘서 타석에서 더 집중하도록 지명타자로 출전하게 한 배려가 오히려 독이 된 셈이죠."

비로소 말뜻을 이해한 송이현이 다시 물었다.

"백선형 선수에게는 왜 독이 됐다는 거죠?"

"혹시 백선형 선수의 나이가 몇인지 아십니까?"

"정확히는 모르겠지만, 삼십대 초중반으로 알고 있어요."

"올해 서른일곱입니다."

"생각보다 많네요."

백선형이 동안이란 생각을 하고 있을 때, 제임스 윤이 물었다.

"설마 동안이란 생각을 하셨던 건 아니시죠?"

정곡을 찔린 송이현이 흠칫했을 때였다.

"설마가 맞나 보네요."

제임스 윤이 한심하다는 듯한 시선을 던졌다.

"동안이 맞긴 하잖아요?"

그 시선을 받은 송이현이 발끈했을 때였다.

"지금 중요한 건 백선형 선수가 동안이라는 게 아닙니다. 더 중요한 것은 백선형 선수의 스태미나죠."

"스태미나요?"

"야구선수가 삼십대 중반을 넘기면 선수 생명으로 치자면 환갑을 넘었다고 표현합니다. 스태미나와 운동능력이 나이를 먹으면서 자연스럽게 감소하기 때문이죠. 그런데 앤서니 쉴즈의 적응을 돕는다는 명목으로 선수 생명으로 치면 환갑을 훌쩍 넘긴 백선형 선수에게 1루 수비 부담까지 줬습니다. 이것이 백선형 선수에게 악영향을 끼쳤기 때문에 배려가 독이 됐다고 표현한 겁니다."

제임스 윤의 설명을 모두 들은 송이현이 고개를 갸웃했다.

"1루 수비가 그 정도로 백선형 선수에게 부담이 되나요?"

"앤서니 쉴즈가 선발 라인업에서 제외된 동안, 백선형 선수가 타석에서 보여주었던 타격이 큰 부담이 됐다는 증거입니다."

"무슨 뜻이죠?"

"앤서니 쉴즈가 선발 라인업에서 제외된 동안 정수일 선수가 대신 경기에 출전했습니다. 그리고 정수일 선수가 앤서니 쉴즈를 대신해 1루 수비를 맡았죠. 그로 인해 백선형 선수는 지명타자로 출전했고요. 그리고 지명타자로 출전하고 난 후, 일전에 말씀드렸듯이 백선형 선수의 타구 질이 서서히 좋아졌습니다. 1루 수비 부담을 덜어낸 덕분에 타격이 눈에 띄게 좋아진 거죠."

송이현이 두 눈을 빛냈다.

백선형의 타구 질이 좋아졌다고 제임스 윤이 평가했던 것이 기억났다. 그리고 백선형 선수의 타구 질이 좋아진 것은 우연이 아니었다.

1루 수비 부담을 덜고 지명타자로 출전한 덕분이었다.

'야구는 겉으로 보기보다 훨씬 복잡하고 섬세하구나.'

대학에서 경영학을 전공했던 송이현이 전혀 생각지 못했던 부분들이 선수들과 팀에게 영향을 미치고 있었다.

그 사실을 깨달은 송이현이 한숨을 내쉬며 자책했다.

"그동안 내가 너무 쉽게 생각했던 것 같아요."

"이상과 현실은 다른 법이죠."

"그래서 '독한 야구' 진행자가 더 대단하게 느껴지네요."

잠시 후, 송이현의 표정이 어두워졌다.

그 표정 변화를 확인한 제임스 윤이 의아한 시선을 던졌다.

"표정이 왜 그러십니까?"

"문득 걱정이 돼서요."

"뭐가 걱정이 되신단 겁니까?"

"충격적인 소식을 전해주겠다."

"……?"

"어제 '독한 야구' 방송 말미에 진행자가 했던 말이에요."

"저도 기억납니다."

제임스 윤이 대답한 순간, 송이현이 덧붙였다.

"자꾸 신경이 쓰이네요. 갑자기 방송을 그만둘까 봐."

제10장

“충격적인 소식이 대체 뭡니까?”

그라운드에서 스트레칭을 하며 박건이 물었다.

“곧 알게 될 거라니까.”

이번이 처음이 아니었다.

어제 방송 녹음을 마친 후, 박건은 줄곧 이용운이 방송 말미에 예고했던 충격적인 소식에 대해 질문했다.

그렇지만 이용운은 그 내용을 끝까지 알려주지 않았다.

“이렇게 치사하게 나오실 겁니까?”

빈정이 상한 박건이 다시 물었다.

“낚시죠?”

“낚시?”

“청취자 수 늘리려고 방송 말미에 충격적인 소식을 전해주겠다는 낚시성 멘트를 날리신 것 아닙니까? 실상 알고 보면 별 내용도 없고 충격적인 소식도 아니기 때문에 안 알려주시는 것 아닙니까?"

"낚시 아니다."

"그럼 알려주시죠?"

"곧 알게 될 거라니까."

"계속 치사하게……."

"너 부른다."

"네?"

"백철기가 후배를 부르고 있다고."

이용운의 이야기를 듣고 박건이 오른쪽으로 고개를 돌렸다. 그런 박건의 눈에 백철기가 서 있는 게 보였다.

'못 들었구나.'

백철기는 박건의 오른쪽에 서 있었다. 그리고 박건이 이용운과 대화에 열중하느라 신경이 팔린 탓에 백철기가 찾아와서 부른 것을 전혀 알아채지 못했던 것이었다.

"날 불렀어?"

청력에 이상이 있다는 사실을 백철기에게 들키면 안 됐기에 박건이 당황하는 대신 자연스럽게 말했다.

"네, 선배님."

백철기의 표정을 살피던 박건의 입가로 희미한 미소가 떠올랐다.

얼마 전, 승부조작 제안을 받고 있던 백철기의 표정은 무척 어두웠다. 그렇지만 지금 백철기의 표정은 한층 밝아져 있었다.

"무슨 좋은 일, 있어?"

"좋은 일, 있습니다."

"뭔데?"

"제게 승부조작을 제안했던 일당이 어제 일망타진됐습니다."

"그래? 잘됐네."

박건이 웃으며 말했을 때, 백철기가 덧붙였다.

"좋은 일이 하나 더 있습니다."

"또 뭔데?"

"포상금을 받게 됐습니다."

"포상금?"

"승부조작의 유혹에 넘어가지 않고 신고를 한 것에 대한 포상 차원으로 협회에서 포상금을 지급하겠다고 합니다. 이게 다 선배님 덕분입니다."

백철기의 이야기를 들은 박건이 고개를 흔들었다.

"난 바로잡을 수 있는 기회를 줬을 뿐이야. 무척 어려운 결정을 내렸던 건 너였어."

"아니요. 선배님이 아니었으면 저는 아마 야구를 그만뒀을 겁니다. 선배님 덕분에 지금의 제가 있는 겁니다."

박건이 멋쩍게 웃고 있을 때였다.

"그래서 선배님께 상의드릴 일이 있습니다."

"무슨 상의?"

"이번에 협회에서 주는 포상금을 선배님과 나누는 것이 옳다는 생각이 들었습니다. 그래서 선배님께 미리 말씀을……."

"포상금을 나누자고?"

"네, 절반씩 나눌 계획입니다."

"됐다."

박건이 단칼에 잘라 말했다.

"왜 받지 않으시려는 겁니까?"

"아까도 말했듯이 무척 어려운 결정을 내렸던 건 너야. 그러니 포상금도 네가 받는 것이 맞아."

"하지만……."

"대신 나중에 밥이나 한 번 사."

"알겠습니다. 밥 꼭 사겠습니다. 그리고 선배님이 받지 않으신다고 했으니까 포상금은 전액 기부하겠습니다."

"기부?"

"제가 잘해서 받은 포상금이 아니니까요. 그냥 좋은 일에 사용하는 편이 맞다고 생각합니다."

"좋은 생각이네."

박건이 백철기의 어깨를 두드렸다.

"흔쾌히 동의해 주셔서 감사합니다."

그 말을 끝으로 백철기가 몸을 돌려 떠난 순간, 이용운이 말했다.

"오올, 오늘 좀 멋진데?"

"선배님한테 배웠습니다."

"나한테 배웠다고?"

"흥, 푼돈에는 관심 없다. 그리고 이번에는 오롯이 네 힘으로 번 수익이니까. 네 공이 꽤 쓸 만했다."

"……?"

"일전에 앤서니 쉴즈와의 내기에서 이겨서 천 달러를 벌었을 때, 선배님께서 하셨던 말씀입니다. 기억하십니까?"

"기억난다."

"당시에 선배님께서 하셨던 말씀이 무척 멋있게 느껴졌습니다. 그래서 저도 따라해 본 겁니다."

박건이 웃으며 말을 마친 순간이었다.

"달라."

이용운이 단호한 목소리로 말했다.

"그때와 지금은 다르다는 뜻이다."

"뭐가 다르다는 겁니까?"

"푼돈이 아니거든."

"네?"

"후배는 백철기가 받는 포상금의 액수를 모르지?"

"모릅니다."

백철기가 포상금을 받게 됐다는 것도 방금 알았다.

그런데 포상금의 액수가 얼마인지 박건이 알 리 없었다.

그래서 순순히 모른다고 대답하자, 이용운이 말했다.

"그럴 줄 알았다. 그러니 푼돈이라고 말한 거겠지."

"그럼 선배님은 아십니까?"

"물론 알고 있다."

"어떻게 아십니까?"

"새벽에 뉴스를 봤거든."

'백철기가 포상금을 받는 게 뉴스에도 등장했구나.'

그 사실을 뒤늦게 알게 된 박건이 고개를 흔들었다.

이용운이 백철기가 받게 될 포상금의 액수를 어떻게 알아냈느냐가 중요한 것이 아니었기 때문이었다.

지금 중요한 것은 백철기가 받게 될 포상금의 액수였다.

"포상금이 얼마인데요?"

"오천만 원."

"얼마요?"

"오천만 원이라고."

이용운에게서 대답이 돌아온 순간, 박건이 참지 못하고 버럭 소리를 질렀다.

"그걸 왜 이제야 말씀하시는 겁니까?"

"안 물어봤잖아."

이용운에게서 돌아온 대답이었다.

엄밀히 말하면 틀린 이야기는 아니었다.

박건은 포상금을 받지 않겠다는 말을 꺼내기 전에 이용운에게 포상금의 액수에 대해 물어보지 않았으니까.

'많아야 몇 백만 원 아닐까?'

막연히 포상금이 그리 많지 않을 거라고 판단하고 포상금을 반으로 나누자는 백철기의 제안을 거절했었는데.

협회에서 백철기에게 지급하는 포상금의 액수는 박건의 예상보다 훨씬 많았다.

무려 오천만 원.

'내 연봉보다 많네.'

박건의 연봉은 삼천오백만 원.

그런데 포상금의 액수가 오천만 원이면 연봉보다 더 많은 셈이었다.

'미쳤구나. 미쳤어.'

박건이 땅이 꺼져라 한숨을 내쉬었다.

아까 백철기는 포상금의 절반을 박건에게 주겠다는 의사를 전했었다.

오천만 원을 반으로 나누면 2500만 원.

절대 푼돈이 아니었다.

'가만, 포상금도 세금을 떼나?'

박건이 참지 못하고 이용운에게 물었다.

"혹시 포상금도 세금을 뗍니까?"

"그야 나도 모르지."

"왜 모릅니까?"

"한 번도 안 받아봤으니까."

"처음이네요."

"뭐가 처음이란 거냐?"

"세금을 뗐으면 하고 바란 적은 처음이란 겁니다."

박건이 우울한 표정으로 하소연을 한 순간, 이용운이 핀잔을 건넸다.

"버스 이미 지나간 지 오래다. 버스 지나가고 난 다음에 손 들어봐야 아무 소용도 없단 뜻이다."

"아직 늦지 않았을지도 모릅니다."

"무슨 뜻이냐?"

"백철기를 찾아가서 마음이 바뀌었다고 말하면… 좀 그렇겠죠?"

너무 구차하단 생각이 들어서 박건이 도중에 말끝을 흐렸을 때였다.

"좀이 아니라 많이 모양 빠지지."

"정말 버스 떠났네요."

"떠났다니까."

"예전에 봤던 표어가 떠오릅니다."

"어떤 표어?"

"'순간의 선택이 평생을 좌우한다.'라는 표어요."

* * *

"플레이볼!"

주심이 경기 시작을 선언했다.

그렇지만 박건은 좀처럼 경기에 집중하지 못했다.

허무하게 날아가 버린 포상금 때문이었다.

이용운의 말처럼 이미 버스가 떠난 후이니 잊어버려야 하는데 쉽게 잊히지가 않았다.

그래서 박건이 한숨을 푹푹 내쉬고 있을 때였다.

따악.

경쾌한 타격음이 귓가로 파고들었다.

흠칫 놀라며 고개를 돌린 박건의 눈에 심원 패룻스의 2번 타자인 임현일이 때린 타구가 1루 측 라인 선상을 타고 총알같이 날아가는 것이 보였다.

'빠졌다.'

선상을 타고 흘러서 내야를 빠져나가는 최소 2루타성 타구가 될 거라고 박건이 판단한 순간이었다.

지난 경기에 이어서 오늘 경기에서도 1루수로 출전한 앤서니 쉴즈가 육중한 몸을 던졌다.

팟. 데구르르.

슬라이딩을 하며 쭉 뻗은 앤서니 쉴즈의 글러브 끝을 맞은 타구가 바닥을 굴렀다.

벌떡 몸을 일으킨 앤서니 쉴즈가 공을 잡자마자, 1루로 토스했다.

빠르게 1루 베이스커버를 들어온 조던 픽스가 공을 잡아서 베이스를 발로 터치한 것과 헤드퍼스트슬라이딩을 감행한 임현일의 손끝이 베이스에 닿은 것은 거의 동시였다.

'결과는?'

"세이프."

1루심은 헤드퍼스트슬라이딩을 한 임현일의 손끝이 베이스에 닿은 것이 조던 픽스가 베이스를 밟은 것보다 더 빨랐다고 판단했다.

그 순간, 앤서니 쉴즈가 판정에 불만을 드러내며 펄쩍 뛰었다.

1루심에게 항의하던 앤서니 쉴즈가 재빨리 벤치를 향해 비디오판독을 요청해 달라고 부탁했다.

한창기 감독이 앤서니 쉴즈의 부탁을 수용해서 비디오판독을 요청했다.

"아웃."

잠시 후, 비디오판독 끝에 판정이 바뀌었다.

그제야 환하게 웃는 앤서니 쉴즈를 바라보던 박건이 놀란 표정을 지은 채 입을 뗐다.

"수비가… 좋네요."

그 평가를 들은 이용운이 지적했다.

"너나 잘하세요."

"네?"

"아까 임현일이 때린 타구가 후배의 수비위치로 날아왔다면 분명히 실책을 범했을걸?"

"왜 그렇게 생각하시는 겁니까?"

"버스가 떠나갔는데도 미련을 못 버리고 계속 거기 정신이 팔려 있었으니까."

순간의 오판으로 이천오백만 원이라는 거금을 허공에 날렸던 것으로 인해 못내 미련과 아쉬움이 남았다.

그로 인해 경기가 시작됐음에도 불구하고 집중하지 못했다.

'실책성 플레이를 펼쳤을 가능성이 높아.'

수비에서 가장 중요한 것은 집중력.

그런데 정신이 온통 딴 데 팔려 있었으니, 이용운의 말처럼 임현일의 타구가 좌익수 방면으로 향했다면 실수했을 가능성이 높았다.

'집중하자.'

그래서 박건이 반성했을 때, 이용운이 덧붙였다.

"그리고 전에 내가 말했잖아. 앤서니 쉴즈의 수비가 괜찮은 편이라고."

"하지만……."

"어제 경기에서 실책을 범해서 그래? 엄밀히 말하면 1루수인 앤서니 쉴즈가 아니라 투수 강운규의 실책이었어. 강운규의 베이스커버가 늦었으니까."

기록원은 어제 경기 수비에서 나왔던 실책을 앤서니 쉴즈의 실책으로 기록했다. 그렇지만 이용운의 말대로였다.

비록 1루수 정면으로 향했던 타구였지만, 배트 중심에 잘 맞은 강습타구였다.

한 번에 포구하지는 못했지만, 앤서니 쉴즈는 강습타구를 몸으로 막아 본인의 앞에 떨어뜨리는 데 성공했다.

그럼에도 불구하고 1루에서 타자주자를 아웃시키지 못했던 이유는 강운규의 1루 베이스커버가 늦었기 때문이었다.

당시 상황을 머릿속에 떠올리며 복기하던 박건이 수긍했을 때였다.

슈악.

부우웅.

"스트라이크아웃."

청우 로열스의 선발투수인 조던 픽스가 심원 패롯스의 3번 타자인 홍대광을 헛스윙 삼진으로 돌려세우며 1회 초 수비가 끝이 났다.

*　　　*　　　*

0—0 상황에서 2회 말 청우 로열스의 공격이 시작됐다.

선두타자는 팀의 4번 타자인 박건.

1회 말을 삼자범퇴로 깔끔하게 막아낸 심원 패룻스의 선발 투수인 고창선을 노려보며 박건이 타석으로 걸어가고 있을 때였다.

"4번 타자가 아니라 1번 타자로 출전했다고 생각해라."

이용운이 충고했다.

"출루를 목적으로 하란 말씀이십니까?"

"맞다."

"하지만……."

박건이 의아한 표정을 지었을 때, 이용운이 말했다.

"후속 타자들인 백선형과 앤서니 쉴즈, 더 이상 엑스맨이 아니다."

'정말 변했을까?'

이용운은 어제 '독한 야구'에서 앤서니 쉴즈와 백선형이 더 이상 엑스맨이 아니라고 선언했었다.

그렇지만 박건은 그 말을 순순히 믿기 힘들었다.

앤서니 쉴즈와 백선형이 활약을 펼친 게 고작 한 경기뿐이었기 때문이었다.

'나도 궁금해.'

박건 역시 그들이 엑스맨에서 완전히 탈출했는지 여부가 궁금한 것은 마찬가지였다. 그래서 출루하겠다는 각오를 다지며 타석에 들어섰다.

슈악.

사이드암 투수인 고창선이 던진 초구는 싱커.

박건이 참아내자 주심은 볼을 선언했다.

2구 역시 싱커.

역시 낮았기에 주심은 볼을 선언했다.

그리고 3구째.

슈아악.

고창선은 바깥쪽 직구를 던졌다. 그러나 손에서 공이 떠나는 순간, 볼이라는 걸 확연히 알 수 있을 정도로 멀리 빠진 공은 스트라이크존을 한참 벗어났다.

3볼 노 스트라이크.

타자에게 압도적으로 유리한 볼카운트로 바뀐 순간, 박건이 타석에서 물러나며 고개를 갸웃했다.

"갑자기 왜 이렇게 제구가 흔들리는 거죠?"

1회 말 수비에서 고창선은 삼자범퇴로 이닝을 마무리했다.

정교한 제구를 바탕으로 손쉽게 세 명의 타자를 처리하던 고창선의 컨디션은 무척 좋아보였다.

그래서 무척 어려운 승부가 될 거란 박건의 예상은 현재까지는 빗나간 셈이었다.

"제구가 안 되는 게 아니다."

그때, 이용운이 알려주었다.

"스트라이크존에 들어오는 공이 하나도 없는데요?"

"어렵게 승부를 하는 거다."

"왜요?"

"후배를 경계하니까."

"……?"

"후배가 가장 위협적으로 느껴지는 타자니까."

이용운이 덧붙인 말을 들은 박건의 어깨에 힘이 들어갔다.

'내 위상이 올라갔다?'

청우 로열스로 이적 후 박건은 계속 좋은 활약을 펼쳤다.

팀타선이 침체에 빠졌을 때도 박건만은 분전했다.

그런 꾸준한 활약 덕분에 상대 팀 배터리가 가장 위협을 느끼는 타자가 됐을 정도로 위상이 변했다는 뜻이었다.

'왜 이래?'

잠시 후, 박건이 고개를 갸웃했다.

이용운의 평가가 너무 과하다는 생각이 들어서였다.

'이럴 사람, 아니, 이럴 귀신이 아닌데.'

그래서 박건이 의아하단 생각을 하고 있을 때였다.

"후배가 대단해서가 아니다."

"……?"

"다른 타자들이 워낙 허접해서이지."

'그래. 처음부터 이랬어야지.'

이용운이 어김없이 독설을 날렸다. 그러나 화가 나지 않았다.

오히려 이게 정상이란 생각과 함께 한결 마음이 편해졌다.

'적응 다 됐네.'

독설이 독설처럼 들리지 않고 오히려 당연하게 느껴지는 상황.

이게 진짜 파트너가 다 됐다는 생각을 무심코 하던 박건이 흠칫했을 때였다.

"공 하나 기다려라."

이용운이 충고했다.

"안 그래도 그러려고 했습니다."

박건이 다시 타석으로 돌아갔다.

"무섭게 째려봐. 함부로 스트라이크 못 던지도록."

"제가 요새 연기가 좀 늘었습니다."

부웅. 부우웅.

3볼 노 스트라이크 상황에서는 공 하나를 기다리는 것이 일반적이었다.

그렇지만 박건은 타석에 돌아오자마자 힘껏 스윙을 하면서 마운드에 서 있는 고창선을 매섭게 노려보았다.

'나는 다르다. 3볼 노 스트라이크 상황에서도 타격할 수 있다.'

이런 위협을 심어주기 위함이었다.

그런 박건의 연기가 통했을까.

슈악.

고창선이 4구째로 던진 싱커도 스트라이크존을 벗어났다.

"볼넷."

스트레이트볼넷을 얻어내는 데 성공한 박건이 1루로 걸어 나갔다. 그리고 타석에 들어서는 백선형을 바라보았다.

'어떻게 될까?'

박건이 호기심을 느낄 때, 고창선이 초구를 던졌다.

슈아악.

따악.

백선형은 고창선이 초구로 던진 바깥쪽 직구를 가볍게 밀어쳤다.

배트 중심에 걸린 총알처럼 빠른 타구는 1, 2루 간을 빠져나갔다.

무사 1, 2루로 바뀐 상황에서 타석에 들어선 6번 타자 구창명은 번트 자세를 취했다.

청우 로열스의 선발투수는 팀의 에이스인 외국인 투수 조던 픽스.

한창기 감독은 선취점을 올리는 것이 중요하다고 판단해서 구창명에게 희생번트 작전을 지시한 것이었다.

틱. 데구르르.

구창명이 침착하게 희생번트를 성공시키며 1사 2, 3루로 상황이 바뀌었다. 그리고 절호의 득점 찬스에서 앤서니 쉴즈가 타석으로 들어섰다.

* * *

슈아악. 팡.

고창선이 초구로 던진 바깥쪽 직구가 스트라이크존을 통과한 순간, 앤서니 쉴즈가 움찔했다.

"스트라이크."

주심이 지체 없이 스트라이크 판정을 내린 순간, 앤서니 쉴즈가 거칠게 콧김을 내뿜었다.

3루 베이스 위에 선 박건이 그 모습을 지켜보고 있을 때, 이용운이 말했다.

"자존심에 상처를 입었다."

"왜요?"

"1루가 비어 있는 상황임에도 고창선이 초구로 스트라이크를 던져서 앤서니 쉴즈와 상대하겠다는 의사를 드러냈으니까. 앤서니 쉴즈 입장에서는 자존심이 상할 만하지."

"만약 제가 투수라도 그랬을 것 같은데요?"

비록 어제 경기에서 앤서니 쉴즈가 역전을 만드는 결승 석 점 홈런을 터뜨리긴 했지만, 올 시즌 앤서니 쉴즈의 성적은 시즌 도중에 퇴출을 당해도 할 말이 없을 정도였다.

박건이 고창선 대신 마운드에 서 있는 상황이라도 앤서니 쉴즈와 승부를 하는 선택을 내렸을 것이었다.

"그래. 당연한 것인데 정작 앤서니 쉴즈 본인만 모르지."

이용운이 수긍하며 덧붙였다.

"그렇지만 고창선도 모르는 사실이 있다."

"뭘 모른다는 겁니까?"

"앤서니 쉴즈가 더 이상 엑스맨이 아니라는 사실."

그때, 고창선이 앤서니 쉴즈를 상대로 2구를 던졌다.

슈아악.

몸쪽으로 직구가 파고든 순간, 앤서니 쉴즈가 배트를 휘둘렀다.

딱.

정타는 아니었다.

살짝 먹힌 타구였지만, 앤서니 쉴즈는 힘이 장사였다.

내야를 벗어난 타구는 우익수에게까지 날아갔다.

탁.

타다닷.

우익수가 약 세 걸음 전진하며 타구를 잡아낸 순간, 3루 주자인 박건이 태그업을 시도했다.

'짧아.'

앤서니 쉴즈가 때린 외야플라이는 짧았다.

그렇지만 우익수가 뿌린 송구는 더 짧았다.

게다가 송구 방향도 정확하지 않았다.

심원 패롯스의 포수인 최순규가 홈플레이트를 벗어나서 송구를 막으려 했지만, 역부족이었다.

홈플레이트 뒤로 커버를 들어왔던 투수 고창선도 송구를 막아내지 못하고 뒤로 빠뜨린 사이, 역시 태그업을 시도해서 3루에 도착해 있던 백선형이 기회를 놓치지 않고 홈으로 파고들었다.

"세이프."

2—0.

박건에 이어서 백선형까지 홈으로 파고드는 데 성공하면서 청우 로열스가 두 점의 리드를 잡았다.

* * *

2—1.

청우 로열스가 1점 차로 앞서는 가운데 경기는 7회 말로 접어들었다.

2회 말에 수비 실책이 곁들여지며 2실점을 허용했지만, 그 후 고창선은 완벽에 가까운 투구를 펼치며 경기는 팽팽한 투수전 양상으로 흘러가고 있었다.

비록 청우 로열스가 앞서고 있었지만, 7회 초에 4번 타자인 이안 라틀리프가 솔로홈런을 터뜨리며 한 점 차로 추격하는 데 성공한 심원 패롯스 쪽으로 분위기는 넘어가 있었다.

'불안한 리드.'

더그아웃에서 경기를 지켜보던 박건이 불안한 리드라고 판단한 순간이었다.

7회 말의 선두타자인 백선형이 고창선의 4구째 싱커를 공략했다.

따악.

힘껏 걷어 올린 타구가 쭉쭉 뻗어나가는 것을 확인한 박건이 벌떡 일어나며 앞으로 다가갔다.

'넘어가라.'

박건이 속으로 바랐지만, 백선형이 때린 타구는 마지막 순간 더 뻗지 못하고 펜스 앞에서 잡혔다.

"아쉽다."

박건이 아쉬운 기색을 드러냈을 때, 이용운이 말했다.

"지명타자로 출전한 후에 확실히 타구 질이 좋아졌다."

박건이 반박하지 못하고 수긍했다.

지명타자로 출전하기 시작한 후, 백선형은 안타 개수만 늘어난 것이 아니었다.

타구 질도 눈에 띄게 좋아졌다.

타이밍이 제대로 맞아가고, 타구에 힘이 제대로 실리는 느낌이었다.

슈악.

딱.

6번 타자 구창명은 고창선의 3구째 싱커를 공략했다.

그렇지만 타이밍을 맞추는 데 실패했다.

유격수 앞으로 굴러간 내야땅볼로 아웃되며, 순식간에 아웃카운트가 두 개로 늘어났다.

2사 주자 없는 상황에서 7번 타자 앤서니 쉴즈가 타석에 들어섰다.

슈아악.

“스트라이크.”

초구로 들어온 몸쪽 직구를 앤서니 쉴즈는 그냥 흘려보냈다.

그리고 2구째.

슈악.

딱.

앤서니 쉴즈가 싱커를 공략했지만, 배트 끝에 맞고 파울이 됐다.

노 볼 2스트라이크.

타자에게 불리한 볼카운트에서 고창선이 3구를 던졌다.

슈아악.

몸쪽 직구가 파고든 순간, 앤서니 쉴즈가 배트를 휘둘렀다.

딱.

그러나 타이밍이 늦었다.

3루 측 선상을 벗어나는 파울 타구가 나온 순간, 이용운이 말했다.

“수 싸움에서 밀리고 있다.”

고창선이 3구째에 바로 승부 할 것을 예상치 못한 앤서니 쉴즈는 싱커를 예상했다가 몸쪽 직구가 들어오자 가까스로 커트에 성공했다.

툭. 툭.

그때, 앤서니 쉴즈가 배트를 거꾸로 쥐고 그라운드에 두드렸다.

배트가 부러졌는지 확인하는 동작.

'너무 세게 때리는 거, 아냐?'

그 동작을 지켜보던 박건이 의아한 표정을 지었다.

일반적인 경우 살짝 바닥에 두드려서 배트가 부러졌는지 여부를 확인했다.

그런데 지금 앤서니 쉴즈는 마치 배트를 부수겠다는 의지를 드러내는 것처럼 강하게 바닥에 두드리고 있었다.

"배트 하나 준비해라."

그때, 이용운이 말했다.

"안 부러진 것 같은데요?"

박건이 질문하자, 이용운이 대답했다.

"원래는 안 부러졌다. 그런데… 방금 부러졌다."

* * *

'꼭 배트보이가 된 느낌이네.'

배트를 들고 더그아웃을 빠져나가던 박건이 인상을 구겼을 때였다.

"좋게 생각해."

"어떻게 말입니까?"

"팀이 이길 수 있는 방법이니까."

이용운의 말을 듣고 난 후, 박건이 말했다.

"지난번처럼 독설 날리지 마십시오."

"겨우 그 정도 독설 갖고……."

"말이 잘못 나왔네요. 독설을 하는 건 당연한 거니, 좀 줄이기 위해서 노력이라도 해주시죠."

"왜 노력해야 하는데?"

"저도 살아야죠."

"노력은 해보마."

이용운의 대답을 듣고서야 조금 안심한 박건이 앤서니 쉴즈의 앞으로 다가갔다. 그리고 이용운의 말을 옮기기 시작했다.

"역시 부자는 다르네. 비싼 배트를 굳이 일부러 부술 필요는 없었잖아? 그냥 적당한 핑계를 대고 더그아웃으로 돌아왔어도 됐을 텐데."

"미처 그 생각을 못 했다. 마음이 급했거든."

"볼배합이 궁금하지?"

"역시 내 맘을 잘 아네. 지난번처럼 알려줘."

"공짜로?"

"응?"

"어떤 공이 들어올지 알려주면 나한테 뭘 해줄 건데?"

예상치 못했던 질문이기 때문일까.

앤서니 쉴즈가 당황한 기색을 드러냈다.

비록 앤서니 쉴즈와 대화를 나누고 있는 당사자였지만, 정작 박건은 지금 어떤 대화가 오가고 있는 건지 모르는 상황이었다.

단지 앤서니 쉴즈가 당혹스러운 기색을 드러내는 것을 통해서 이용운이 또 이상한 이야기를 꺼냈을 것이라고 짐작만 할 뿐이었다.

"이상한 얘기하고 있는 것 아니죠?"

"내가 누구냐?"

"귀신이죠."

"그거 말고."

"영혼의… 파트너요?"

"그래. 명색이 영혼의 파트너인데 후배에게 해가 되는 일이야 벌이겠느냐?"

"여러 차례 벌이셨는데……."

"좀 믿고 살자."

"쩝."

박건이 입맛을 다셨다.

이용운이 먼저 말해주지 않는 이상, 어떤 대화가 오가고 있는지 알아낼 수 있는 방법은 현재로서는 없었다.

'나도 야너도 하자!'

얼마 전에 TV 광고에서 봤던 영어 교육 프로그램인 '야너도'를 박건이 떠올렸다.

"야, 너도 영어할 수 있어."

당시 광고모델이었던 남자 배우가 날렸던 멘트였다.

그렇지만 당시의 박건은 한 귀로 듣고 한 귀로 흘렸었다.

영어 공부가 필요하지 않다고 판단했기 때문이었다.

그렇지만 똑같은 상황을 두 번째로 경험하고 나자, 박건의 생각이 바뀌었다.

영어 공부를 하는 게 필요하다고.

그때, 앤서니 쉴즈가 말했다.

"원하는 게 있나?"

"물론 원하는 게 있지."

"뭘 원하지?"

"나중에 에이전트를 소개해 줘."

"내 에이전트를 소개해 달라고? 이유는?"

"머잖아 메이저리그에 진출할 생각이거든. 그러려면 능력 있는 에이전트가 필요할 것 같아서 말이지."

뜬구름 잡는 소리라고 생각해서일까.

앤서니 쉴즈가 코웃음을 쳤다.

'이번엔 또 대체 무슨 말을 했길래 이런 반응이야?'

박건의 불안감이 짙어졌을 때였다.

"그게 가능할 거라고 생각해?"

"안 될 건 또 뭐야?"

"당연히……."

"배트 교체하는 데 시간을 너무 오래 끌었다고 생각하지 않아? 아까부터 주심이 이쪽을 째려보고 있는데. 결정해. 어떻게 할 거야?"

"소개시켜 주는 건 어렵지 않다."

"그걸로는 부족하지."

"그럼 더 뭘 원하지?"

"립 서비스도 해줘야지."

"……?"

"에이전트가 나와 계약하고 싶어서 안달이 날 정도로 립 서비스를 해주는 게 내 조건이야. 어때?"

"받아들이지."

"오케이. 주심의 강렬한 시선 때문에 내 얼굴이 화끈거릴 정도니까 빨리 말하지. 몸쪽 직구가 들어올 거다."

박건이 알려준 순간, 앤서니 쉴즈가 미간을 찌푸렸다.

'반응이 또 왜 이래?'

앤서니 쉴즈의 반응을 확인한 박건이 다시 불안해졌을 때였다.

"확실해?"

"너와 나, 어떤 사이야?"

"어떤 사이냐니?"

"청우 로열스의 우승을 위해 협력하는 팀 동료잖아."

"방금… 우승이라고 했나?"

"그래. 한국시리즈 우승."

"그게 가능할 거라고……?"

"가능해."

"하지만……."

"지금 그게 중요한 게 아니잖아? 주심의 화가 머리꼭대기까지 치밀었어. 그러니까 좀 믿고 살자."

"그렇지만……."

"앤서니 쉴즈는 장타력을 갖춘 힘 있는 타자다. 그런데 연거푸 두 개의 몸쪽 공을 던질 리가 있느냐? 지금 이렇게 생각하는 거지? 그래도 몸쪽 직구를 던질 거야."

"왜?"

"널 개무시하고 있거든."

앤서니 쉴즈가 거칠게 콧김을 내뿜었다.

'이번에는 진짜로 한 대 맞는 것 아냐?'

박건의 불안감이 극으로 치달았을 때였다.

"일단… 알았다."

홱액.

박건의 손에서 새 배트를 빼앗듯이 낚아챈 앤서니 쉴즈가 몸을 돌렸다.

그가 다시 타석으로 돌아갈 때, 박건이 말했다.

"배트 더 짧게 쥐어라."

"……?"

"아까 보니까 배트 스피드가 구속을 못 따라가더라고. 계속 개무시당하고 싶지 않으면 내 말대로 해라. 들었지?"

앤서니 쉴즈는 고개를 돌리지 않았다.

잔뜩 화가 난 사람처럼 앤서니 쉴즈가 성큼성큼 타석으로 돌아갔다.

* * *

"대체 뭐라고 한 겁니까?"

박건이 초조한 기색을 감추지 못하고 서둘러 물었다.

"딜을 했다."

"딜이요? 무슨 딜을 했는데요?"

"고창선이 4구째로 던질 구종을 알려주는 대신, 에이전트를 소개해 달라고 했지."

"에이전트요?"

"그래."

"에이전트는 갑자기 왜 소개시켜 달라고 한 겁니까?"

"메이저리그에 진출하려면 유능한 에이전트가 필요하거든. 앤서니 쉴즈가 속해 있는 에이전트 회사 대표가 꽤 유능한 편이다."

"아는 사람입니까?"

"당연히… 모르지."

"그런데 유능하다는 건 어떻게 압니까?"

"사기 계약을 멋들어지게 성공시켰잖아."

"사기 계약이요?"

"앤서니 쉴즈에게 총액 80만 달러라는 거액을 안겨준 것. 사기 계약 수준이 아니냐? 이게 에이전트가 유능하다는 증거이지."

박건이 반박하지 못하고 화제를 돌렸다.

"그래서 소개시켜 준답니까?"

"그게 왜 궁금해?"

"그야……."

"메이저리그에 진출하고 싶긴 한가 보구나."

이용운이 넌지시 꺼낸 말을 들은 박건이 머리를 긁적이며 대답했다.

"꿈의 무대이니까요."

그 대답을 들은 이용운이 조언했다.

"그럼 실력을 더 키워. 지금 수준으로는 어림없으니까."

"저도 요새 꽤 잘나갑니다."

박건이 발끈한 순간, 이용운이 코웃음을 쳤다.

"꽤 잘나가는 것 정도로는 안 돼. KBO 리그를 씹어 먹을 정도는 돼야 메이저리그에 진출할 수 있다니까."

박건이 입을 다물었다.

자신의 수준이 KBO 리그를 씹어 먹을 정도는 아니라는 사실을 잘 알고 있기 때문이었다.

그때, 이용운이 덧붙였다.

"조용히 해봐."

"왜요? 야구 못하면 말도 하면 안 됩니까?"

"앤서니 쉴즈가 타격하는 것 좀 보려고 그래."

그제야 박건이 타석에 들어서 있는 앤서니 쉴즈를 살필 때였다.

"안 들을 것처럼 하더니 결국 내 조언을 들었네."

"무슨 조언요?"

"배트를 더 짧게 쥐라고 했거든."

"아!"

배트를 쥐고 있는 앤서니 쉴즈의 손의 위치.

지난 타석보다 더 높은 곳에 위치해 있다는 것을 확인한 박건이 두 눈을 빛냈을 때였다.

"계속 개무시당하고 싶지 않으면 내 조언을 따르라고 했다."

이용운이 덧붙인 이야기를 들은 박건의 표정이 어두워졌다.

'어쩐지.'

아까 앤서니 쉴즈의 표정이 심상치 않았다.

단순히 볼배합과 조언을 건넨 것만으로 그렇게 험악한 분위기를 풍겼을 리 없다고 생각했는데.

박건의 예상대로였다.

이용운이 볼배합과 조언을 건네는 데서 멈췄을 리 없었다.

어김없이 독설을 날려 앤서니 쉴즈의 자존심을 박박 긁었기 때문에 분위기가 험악해졌던 것이었다.

'진짜 한 대 얻어맞는 것, 아냐?'

박건의 불안감이 더 커졌을 때였다.

슈아악.

와인드업을 마친 고창선이 4구째 공을 던졌다.

"안 맞을 거야."

"……?"

"내 구종 예측이 적중했거든."

따악.

앤서니 쉴즈가 휘두른 배트 중심에 걸린 타구가 높이 솟구쳤다.

*　　　*　　　*

"최종 스코어 3−1. 청우 로열스가 심원 패룻스를 상대로 연승을 거두며 위닝시리즈를 확보했습니다. 1승을 추가한 것보다 더 고무적인 부분은 기존에 제가 지목했던 엑스맨들이었던 앤서니 쉴즈와 백선형이 좋은 활약을 펼쳤다는 겁니다. 특히 앤서니 쉴즈의 활약이 눈에 띄었죠. 7회 말에 앤서니 쉴즈가 터뜨린 솔로 홈런. 심원 패롯스의 추격 의지를 꺾어놓는 결정적인 장면이었습니다."

'독한 야구' 녹음을 하고 있었지만, 박건은 제대로 집중하지 못했다.

이용운이 지난 방송에서 예고했던 충격적인 선언이 대체 무엇일지 궁금해서였다.

'독한 사람, 아니, 독한 귀신.'

박건이 자신에게만 미리 알려 달라고 끈질기게 부탁했지만, 이용운은 끝까지 알려주지 않았다.

그래서 속으로 독한 귀신이라고 욕하며 녹음을 이어나갔다.

"비록 앤서니 쉴즈의 결정적인 활약에 가려진 면이 없지 않지만, 백선형 선수의 활약도 좋았습니다. 2회 말에 청우 로열스가 선취점을 올리는 과정에서 안타를 때려서 득점 찬스를 만드는 데 일조했죠. 더 주목해야 할 점은 백선형 선수의 타구 질입니다. 점점 타구 질이 좋아지고 있다는 점은 고무적인 부분입니다. 자, 여기서 집중하셔서 들어야 할 부분이 있습니다. 앤서니 쉴즈와 백선형, 청우 로열스에서 암약하고 있는 두 명의 엑스맨 문제를 동시에 해결할 수 있는 방법이 있다. 제가 이렇게 장담했던 것을 기억하시죠? 제가 찾아낸 해법이 완벽히 적중했습니다. KBO 리그를 은근히 무시하고 있던 앤서니 쉴즈에게는 충격요법을 가하면서 1루 수비를 맡긴다. 그리고 백선형 선수에게 지명타자를 맡긴다. KBO 리그에서 퇴출될 위기에 몰린, 아니, 야구를 그만두게 될 위기에 몰린 앤서니 쉴즈는 덕분에 정신을 차리고 부진에서 탈출했고, 지명타자로 출전하는 백선형 선수는 체력과 수비 부담을 덜면서 역시 부진에서 탈출했으니까요."

'결국… 자기 자랑이네.'

한숨을 내쉬던 박건이 속으로 생각했다.

'그런데 내 얘기는 왜 안 해?'

앤서니 쉴즈와 백선형이 부진에서 탈출하긴 했지만, 박건은 몸에 맞지 않은 옷이나 다름없는 4번 타자로 출전했음에도 불구하고, 꾸준히 좋은 활약을 펼쳤다.

그런데 자신의 이야기는 쏙 빼고, 앤서니 쉴즈와 백선형에 관한 이야기만 하니 내심 서운한 감정이 깃든 것이었다.

그런 박건의 속내를 알아챘을까.

"물론 앤서니 쉴즈와 백선형 선수가 좋은 활약을 펼치며 청우 로열스가 승리를 거두긴 했지만, 박건 선수를 비롯한 기존 선수들의 꾸준한 활약도 칭찬하지 않을 수 없습니다. 특히 박건 선수에 대한 칭찬을 하지 않을 수 없습니다. 만약 박건 선수가 시즌 도중에 청우 로열스에 합류하지 않았다고 가정해 보십시오. 지금쯤 청우 로열스는 리그 8위가 아니라, 리그 최하위에 이름을 올리고 있을 겁니다."

'그래도 날 잊지는 않았네.'

희미한 웃음을 입가에 머금었던 박건이 이내 고개를 갸웃했다.

'좀 과한데?'

평소보다 이용운의 칭찬이 너무 후하다는 생각이 들어서였다.

"어느덧 방송 시간이 거의 다 됐군요. 그럼 지난 방송에서 예고했던 대로 충격적인 소식을 알려 드리겠습니다."

'드디어 알게 되는구나.'

박건이 두 눈을 빛냈다.

'그런데 막상 알고 보면 별거 아닌 거 아냐?'

해설위원 출신인 이용운은 방송에 대해 잘 알고 있었다.

속된 말로 어그로를 끌기 위해서 지난 방송 말미에 충격적인 소식을 전하겠다고 운을 뗐을지도 모른다고 박건이 생각한 순간이었다.

이용운이 말했다.

"'독한 야구' 방송을 잠정 중단하겠습니다."

* * *

"'독한 야구' 방송을 잠정 중단하겠습니다."

진행자의 멘트를 들은 송이현이 입에 갖다 댔던 커피가 담긴 머그잔을 다시 내려놓았다.

"왜… 잠정 중단한다는 거야?"

지난 방송 말미에 '독한 야구' 진행자는 충격적인 소식을 전하겠다고 밝혔다.

그래서 기대와 불안이 절반씩 섞인 심정으로 방송을 듣고 있었는데.

'독한 야구' 방송을 잠정 중단하겠다는 소식을 듣게 될 줄은 꿈에도 몰랐다.

둔기로 뒤통수를 제대로 얻어맞은 것처럼 강한 충격이 밀려들었다.

잠시 후, 송이현이 느낀 감정은 지독한 상실감이었다.

무척 존경하며 믿고 따랐던 훌륭한 스승을 잃은 것과 비슷한 느낌이었다.

'내가 그동안 '독한 야구' 진행자에게 많이 의존하고 있었구나.'

지독한 상실감을 통해 송이현이 새삼 그 사실을 깨달았을 때였다.

"갑자기 방송을 잠정 중단하는 이유에 대해 궁금해하시는 분들이 계실 겁니다. 그래서 이유를 알려 드리겠습니다. 저희 방송의 모토는 '독한 야구'라는 명칭에서 알 수 있듯이 기본적으로 독설입니다. 그런데 청우 로열스는 이제 꽤 괜찮은 팀이 됐습니다. 제 예상이 틀리지 않다면, 청우 로열스는 한동안 무서운 상승세를 탈 것입니다. 그럼 독설을 날릴 기회가 줄어들겠죠? 그래서 '독한 야구' 방송을 잠정 중단하는 겁니다."

'이걸 좋아해야 해? 슬퍼해야 해?'

송이현이 난감한 표정을 지었다.

'독한 야구' 진행자의 예측은 무척 적중률이 높은 편이었다.

백발백중이라 해도 과언이 아닐 정도로.

그런 그가 방금 또 하나의 예측을 했다.

앤서니 쉴즈와 백선형이 길었던 부진에서 탈출한 청우 로열스가 무서운 상승세를 탈 거라고.

청우 로열스 단장인 송이현의 입장에서는 당연히 기뻐해야 하는 소식이었다.

그럼에도 불구하고 송이현은 마냥 기뻐할 수만은 없었다.

그로 인해 '독한 야구' 방송이 중단됐기 때문이었다.

그때, '독한 야구' 진행자의 마지막 인사가 이어졌다.

"청우 로열스에 다시 위기가 닥치면, 돌아오겠습니다. 그동안 불편했을 수도 있었을 제 독설을 꾹 참고 들어주셨던 여러분들에게 감사드립니다."

『내 귀에 해설이 들려』 4권에 계속…